Beth Reekles

DRIVING HOME FOR CHRISTMAS
Kein Weihnachten ohne dich

BETH REEKLES

DRIVING HOME FOR CHRISTMAS

KEIN WEIHNACHTEN OHNE DICH

Aus dem Englischen von
Sylvia Bieker und Henriette Zeltner-Shane

cbt

Bei diesem Buch wurden die durch das verwendete Material und die Produktion entstandenen CO_2-Emissionen ausgeglichen, indem der cbj-Verlag ein Projekt zur Aufforstung in Brasilien unterstützt.
Weitere Informationen zu dem Projekt unter:
www.ClimatePartner.com/14044-1912-1001

FSC www.fsc.org
MIX
Papier aus verantwortungsvollen Quellen
FSC® C014496

Wir produzieren
Klimaneutral
ClimatePartner.com/14044-1912-1001
Druckprodukt

Penguin Random House Verlagsgruppe
FSC® N001967

1. Auflage 2021
Deutsche Erstausgabe Oktober 2021

Die Originalausgabe erschien erstmalig 2019 unter dem Titel
»It won't be Christmas without you« bei HarperImpulse,
einem Imprint von HarperCollinsPublishers Ltd, London.
Aus dem Englischen von Sylvia Bieker und Henriette Zeltner-Shane
Umschlaggestaltung: Kathrin Schüler, Berlin,
unter Verwendung von Motiven von Shutterstock.com
(Flaffy, New Africa, Look Studio, Victoria Chudinova,
Syda Productions, Yevhenii Popov, picoStudio)
kk · Herstellung: ik
Satz: GGP Media GmbH, Pößneck
Druck: GGP Media GmbH, Pößneck
ISBN 978-3-570-31382-4
Printed in Germany

www.cbj-verlag.de

Für meine Schwester,
meine Partnerin beim Baumschmücken
und Weihnachtslieder-Singen.
Hab dich lieb, Kat.

Noch fünfundzwanzig Tage bis Weihnachten

Kapitel 1

Eloise starrte so reglos in die Kamera, dass Cara auf das Display ihres iPads tippte, um zu sehen, ob die Verbindung unterbrochen war. Doch dann blinzelte ihre Zwillingsschwester.

»Was soll das heißen, du kommst Weihnachten *nicht nach Hause?*«

Cara verzog das Gesicht. Sie wusste, dass Eloise so reagieren würde. Sie hatte sich auf ein Schreiduell, auf Wutanfälle, Tränen und Drohungen, dass sie nie mehr mit ihr reden würde, gefasst gemacht.

Aber dann setzte sie ein breites Lächeln auf und bemerkte dabei, dass ihr Lippenstift nachgezogen gehörte. »Ich meine, genau genommen werde ich schon da sein, nur eben ein bisschen … später. Das ist doch kein Weltuntergang!«

Sie wusste wirklich nicht, warum das eine so große Sache sein sollte.

Eloise presste die Lippen zusammen, schloss die Augen und senkte den Kopf. Das war ihr Ausdruck tiefer Enttäuschung, unterstrichen durch ein Kopfschütteln in Zeitlupe. *Sie sieht genau aus wie Mum, wenn sie das macht*, dachte Cara.

»Darum geht's nicht. Weihnachten ist – tja, es ist eben Weihnachten. Es geht um die ganze Weihnachtszeit. Mein Baum steht schon seit Wochen. Und du willst den Weihnachtsmorgen im *Bus* verbringen.«

»Es ist ja nicht so, als gäbe es am Fünfundzwanzigsten viele Verkehrsverbindungen. Und es war das billigste Ticket, das ich kriegen konnte«, gab Cara zu, bevor ihr aufging, dass sie ihrer Schwester diesen Aspekt besser verschwiegen hätte. Schließlich gab sie sowieso schon ein verdammtes Vermögen für ihren Lebensunterhalt in London aus. Sie hatte ein Zimmer in einer Fünfer-WG gemietet. Eigentlich war es ein Haus mit drei Schlafzimmern, aber wer brauchte schon ein Esszimmer oder einen Dachboden, wenn man daraus Zimmer machen und sie zu unverschämten Preisen an verzweifelte Uniabsolventen vermieten konnte, die versuchten, beruflich durchzustarten.

Wie zu erwarten, gab Eloise einen schnaubenden Lacher von sich, und ihre Handykamera zeigte kurz den Himmel, bevor ihr Gesicht wieder auftauchte. »Ach, na klar. Ich hoffe, du hast daran gedacht, dich dieses Jahr vom Weihnachtsmann auf die Liste für die ungezogenen Kinder setzen zu lassen, Car, sonst musst du dir den Klumpen Kohle zum Heizen deiner Wohnung selber kaufen.«

Nicht zum ersten Mal in dieser Unterhaltung verkniff Cara sich ein Augenrollen. Aber ihre Wangen röteten sich und ihr Kiefer mahlte. Was war denn dagegen zu sagen, dass sie versuchte zu sparen? (Und mit Sparen meinte sie eigentlich, »nicht pleite sein.«) Und dagegen, dass sie alles daransetzte, sich in ihrem Job zu beweisen, damit sie im neuen Jahr befördert wurde? Dave Steers gab seinen Posten als Redakteur im Januar auf, und sie wusste definitiv, dass die Stelle intern nachbesetzt würde und dass man nach jemand mit frischen, neuen Ideen Ausschau hielt. Das könnte also sie sein.

Immerhin hatte sie in den letzten achtzehn Monaten seit ihrem Uniabschluss verdammt hart gearbeitet. Nach nur vier Monaten in ihrem Job bei dem Online-Lifestyle-Magazin hatte man einen ihrer Pitches umgesetzt und mit einer Handvoll Vlogger gearbeitet, die sie vorgeschlagen hatte. Dann hatte sie, erst vor wenigen Monaten, eine Kampagne mit einer extrem bekannten Wohltätigkeitsorganisation für psychische Gesundheit geleitet (eine Aktion, die sie überhaupt erst vorgeschlagen hatte), bei der Dave Steers ihr behilflich gewesen war.

Er wusste, dass sie seinen Job wollte. Genau wie alle anderen.

Und wenn jemand gesucht wurde, der in seine Fußstapfen trat, während er in der Woche vor Weihnachten nicht im Büro war – tja, dann war sie mehr als bereit, sich acht Paar Socken anzuziehen und diese Fußstapfen auszufüllen.

Eloise schimpfte über sie, während Cara sich bemühte, ihr Temperament zu zügeln, damit ihr nichts rausrutschte, was sie später bereuen würde. Eloise laberte was von mangelndem Weihnachtsspirit. (Hatte sie ihren Haarreif mit Rentiergeweih dieses Jahr überhaupt schon getragen? Oder wenigstens ihre Nikolausmütze?) Sie prangerte ihre Workaholic-Einstellung an und beklagte, dass sie einander seit dem Kurzurlaub in Amsterdam im Oktober, den die Eltern ihnen als nachträgliches Geburtstagsgeschenk spendiert hatten, kaum gesehen hätten. Und –

»Und es ist ja nicht so, dass ich dieses Jahr mit Josh feiern werde«, fügte Eloise leise und voller Selbstmitleid hinzu.

Wow. Sie hatte es wirklich getan. Sie hatte die Erpressungskarte ausgespielt. Um der Zwillingsschwester ein schlechtes Gewissen wegen ihres eigenen gebrochenen Herzens zu machen.

(Obwohl Cara angesichts der unzähligen katastrophalen Tinder-Chats, die Eloise ihr immer als Screenshots schickte, wetten würde, dass Eloises Herz schon auf einem guten Weg war, wieder zu heilen.)

Cara zog eine Augenbraue in die Höhe: »Echt jetzt? Du willst auf die miese Tour spielen? Na schön. Wie wär's dann damit: Ich kann es mir nicht leisten, nach Hause zu kommen. Ich bin eine arme Uniabsolventin –«

»Stellvertretende Content-Redakteurin«, unterbrach Eloise sie.

»– mit einem Heizlüfter, um meine beschissene Dachkammer in London warm zu kriegen, weil der Vermieter die Heizung nicht repariert und all meine Ersparnisse verbrät –«

»Ich hab dir doch schon gesagt, dass ich dieses Jahr kein Weihnachtsgeschenk brauche. Vor allem keins von Selfridges.«

»Sei nicht albern – du liebst doch dieses Zeug von Bumble and bumble. Aber darum geht's ja auch gar nicht. Ich muss arbeiten. Ich brauche diese Beförderung. Leute, die doppelt so alt sind wie ich, würden dafür über Leichen gehen. Ich habe Glück, dass es ein so junges Unternehmen ist und die bereit sind, mir eine solche Chance zu geben. Woanders müsste ich für so eine Gelegenheit zwanzig Jahre arbeiten. Und wenn das bedeutet, dass ich dafür Dads Bacon-Sandwiches und die gefüllten Strümpfe am Weihnachtsmorgen verpasse, dann komm ich damit gut klar.«

Eloise starrte sie fassungslos an. »Ich werde jetzt mal einfach so tun, als hättest du das gerade nicht gesagt.«

Sie würde den Weihnachtsmorgen zu Hause vermissen, das wusste sie. Aber sie würde Eloise gegenüber kein Zeichen von Schwäche an den Tag legen. Denn sobald ihr Zwilling eine Schwachstelle in ihrer Rüstung fand, wäre sie auch schon besiegt. Und Eloise kapierte es einfach nicht. Das hatte sie noch nie getan. Ihr war alles immer so leichtgefallen.

Cara seufzte und tippte wieder auf ihr Display, um die Uhrzeit abzulesen. »Hör zu, meine Liebe, ich muss jetzt aufhören. Damit ich mich noch ein bisschen frisch machen kann, bevor ich weggehe.«

»Ist das wieder ein Date mit dem gut aussehenden George?« Endlich hellte Eloises Gesicht sich auf und ihre beleidigte Miene verschwand beim ersten Anzeichen von Klatsch und Tratsch. »Was wird das – euer fünftes Date schon? Wohin führt er dich aus? Kann das den Kochkurs für Paare, bei dem er mit dir war, noch toppen? Oder nein, das nehme ich zurück. Mein Favorit war Date Nummer zwei. Eislaufen.«

»Eislaufen war eine Katastrophe. Da hat er sich doch den Knöchel verstaucht!«

»Und ihr habt den ganzen Abend zusammen in der Notaufnahme verbracht, wo ihr darüber gelacht und euch besser kennengelernt habt. Er hat sogar gesagt, dass er es nur vorgeschlagen hat, nachdem du erzählt hattest, wie gern du es tust. Obwohl ich ja immer noch davon überzeugt bin, dass er schon wusste, wie schlecht er sein würde, und es nur als Ausrede genutzt hat, um deine Hand zu halten.«

Cara grinste. Sie hatte genau das Gleiche schon in der Sekunde gedacht, als George aufs Eis getaumelt war, sich an der Bande festklammerte und sie flehend ansah, bis sie ihn am Arm nahm.

»In irgendeinem kleinen Kino läuft *White Christmas*. Erst essen wir was zu Abend – ich schätze nur bei Pizza Express oder so. Er hat jedenfalls nichts Besonderes erwähnt. Und dann gehen wir uns den Film ansehen.«

Ein bisschen von ihrer Schmollmiene war wieder zu sehen, als Eloise die Stirn runzelte. »Sicher, dass das nicht zu holly jolly für dich ist?«

»Genau. Vielen Dank. Ich mach jetzt Schluss.«

»Schreib mir und berichte, wie das Date läuft!«, rief Eloise und beugte sich näher zur Kamera, als könne sie sich hindurchzwängen und von Cara gehört werden, auch wenn diese auf den roten Punkt zum Auflegen drückte. Cara musste unwillkürlich lachen über den alles andere als schmeichelhaften Blickwinkel, der ihr ein großartiges Dreifachkinn und die Nasenlöcher ihrer Schwester in Großaufnahme zeigte. »Und denk an Verhütung!«

»Wir schlafen nicht miteinander!«, protestierte Cara genauso laut und wurde sofort rot, weil sie für einen Augenblick ihre Mitbewohner vergessen hatte. Mindestens zwei von ihnen waren zu Hause. Sie hatte ihre Schritte in der Wohnung gehört.

»Na dann entschuldige bitte. Ich dachte, du hättest eine Fünf-Dates-Regel.«

Cara sah auf dem Bildschirm, wie ihre Ohren rot wurden. »Das ist eine persönliche Richtlinie. Keine Garantie. Und er ist auch keiner dieser Typen, die darauf drängen. Im Moment ist es absolut jugendfrei. Und das ist mir auch ganz recht.«

Eloise ignorierte ihre Verlegenheit und begann zu singen: *»You lurve him, you want to kiss him, you want to –«*

»Ich schreib dir später.«

London war in der Weihnachtszeit auf seine eigene Art hübsch. Es gab zwar keine gefälligen, vielleicht mit ein bisschen Schnee überzuckerten Hügel, keine Alleen mit dichten Reihen froststarrer Bäume. Und die U-Bahn – oh Gott, die war ein absoluter Albtraum. Zum Beispiel an der Oxford Street.

Aber die Solidarität von Pendlern und Touristen hatte auch etwas Erbauliches, wenn aus fast jedem Kopfhörer und jedem Laden Weihnachtslieder zu hören waren.

Letztes Jahr war sie ganz aufgekratzt gewesen. Eloise hatte sie für zwei Tage besucht, bevor sie gemeinsam mit dem Zug zurück nach Hause gefahren waren. Einen Abend hatten sie mit Late-Night-Christmas-Shopping verbracht und dabei Dutzende Fotos und Selfies vor all den Lichtern und Schaufensterdekorationen auf der Oxford Street geschossen.

Und es war auch dieses Jahr wieder schön, hatte allerdings ein wenig von seinem Zauber verloren.

Vielleicht lag es daran, dass sie zu Weihnachten nicht nach Hause fahren würde. Vielleicht auch daran, dass sie und ihre Mitbewohner zu beschäftigt gewesen waren, um das Haus weihnachtlich zu dekorieren. Oder vielleicht weil sie noch nicht einmal *Tatsächlich ... Liebe* angesehen hatte.

Oder Eloise hatte recht. Vielleicht verwandelte sie sich in Scrooge.

Obwohl sie sich sicher war, dass Scrooge nichts gegen ein Glas Prosecco gratis auf Vorlage eines Weihnachtsgutscheins bei Prezzo einzuwenden hätte. Sie grinste George an, während sie über ihre Pizzen hinweg miteinander anstießen.

(Verdammt, er besaß doch wirklich das süßeste Lächeln. Diese Grübchen würden jede ins Schwärmen bringen.)

Er arbeitete im Finanzbusiness, bei irgendeiner dieser großen Firmen, die sie bei den Karrieremessen an der Uni auch gesehen hatte. Er war zwei Jahre älter als sie und sie hatte ihn durch eine ihrer Mitbewohnerinnen kennengelernt. (So old school, hatte Eloise gescherzt und ihre Schwester sofort mit einer weiteren Story über ein katastrophales Date mit irgendeinem Typen unterhalten, den sie über Facebook kennengelernt hatte.)

Seit einem Monat sahen sie sich, wenn man es so ausdrücken wollte. Sie arbeiteten beide viel, hängten sich total in ihre Jobs rein und liebten das. Beide hatten auch absolutes Verständnis, wenn einer von ihnen ein Date verschob, um einfach ein bisschen Schlaf nachzuholen. Oder um länger im Büro zu bleiben.

Vielleicht waren sie das perfekte Paar.

Sie hatte sich selbst eigentlich nie als hoffnungslose Romantikerin gesehen, aber jetzt wünschte sie sich das wirklich. Bevor sie George begegnet war, hatte sie nie jemand kennengelernt, der sie an die Vorstellung eines Mr Right glauben ließ.

Da war dieser Typ gewesen, den sie im Frühling drei Monate lang gedatet hatte. Sie kannte ihn noch von der Schule und hatte online gesehen, dass er in der Stadt arbeitete. Zunächst hatten sie nur gechattet und sich erst nach einer Weile getroffen. Er war nicht damit klargekommen, dass sie so viel arbeitete, und Cara hatte ihn überwunden wie eine Erkältung. Diese Art von Negativität konnte sie nicht gebrauchen.

Aber George – George war süß. George nutzte

Online-Gutscheine, mit denen sie vergünstigte Pizza und Gratis-Prosecco bekamen. Ein Schnäppchenjäger ganz nach ihrem Geschmack. George war sauber rasiert und hatte schwungvolles, immer tadellos frisiertes blondes Haar. Noch nie hatte sie ihn ohne seine Barbourjacke gesehen. Er war der Typ Mann, den sie gern nach Hause zu ihren Eltern mitgenommen hätte. (Irgendwann. Vielleicht nach Date Nummer elf. Falls sie jemals ein Wochenende freihätte, an dem sie nicht zu erschöpft oder beschäftigt wäre, um so einen Besuch zu machen.)

Außerdem konnte man sich total gut mit ihm unterhalten. Es gab immer etwas, über das sie mit ihm reden konnte. Und er war witzig.

Eigentlich fast schade, dass sie zu Weihnachten nicht nach Hause fuhr. Vielleicht hätte sie ihn fragen sollen, ob er zu Besuch kommen wollte, damit sie ihn ihren Eltern hätte vorstellen können.

Krieg dich wieder ein, du Idiotin, schimpfte sie sich selbst, weil sie sich zu Tagträumen hatte hinreißen lassen, während George von der bevorstehenden Weihnachtsparty in seinem Büro erzählte. Dabei gab er ein paar Anekdoten vom letzten Jahr zum Besten. *Du hattest fünf Dates mit diesem Jungen, dieses schon mitgezählt. Und jeden Tag mit ihm zu schreiben, das zählt nicht wirklich. Du weißt ja noch nicht mal, ob er dich überhaupt schon als seine Freundin betrachtet.*

Eloise würde sie cotton-headed ninny-muggins nennen, einen Dummkopf mit nichts als Flausen im Kopf.

Aber gleichzeitig zitierte Eloise das ganze Jahr hindurch aus Weihnachtsfilmen. Wenn es nach ihr ginge, würde sie auch zu Ostern Mince Pies essen.

Fast als könnte er ihre Gedanken lesen, unterbrach George die Anekdote von seinem letztes Jahr absurd betrunkenen Chef und meinte: »Aber ich hab dich noch nicht mal gefragt – wie sehen eigentlich deine Pläne für Weihnachten aus? Wann fährst du zu deiner Familie nach Hause?«

Sie kam, anders als im Gespräch mit Eloise, sofort auf den Punkt. Lächelnd und mit einem flüchtigen Lachen hob sie ihr Proseccoglas. »Oh, diesmal gar nicht. Oder erst nachmittags am ersten Weihnachtstag. Am Vierundzwanzigsten arbeite ich durch.«

George legte den Kopf schräg. »Hat das etwas mit Daves Job zu tun?«

Sie nickte und war dankbar, dass er ihren Weihnachtsspirit nicht infrage gestellt hatte. Genau deshalb mochte sie George so gern. Er verstand sie. »Yeah. Ich muss denen zeigen, wie ernst es mir ist, wenn ich eine echte Chance haben will.«

»Das leuchtet mir ein. Und ich wette, du wirst es tatsächlich schön ruhig und friedlich haben, wenn du erst am Weihnachtstag fährst. An den Tagen davor wird die Hölle los sein, weil alle noch rechtzeitig nach Hause wollen.«

Cara machte große Augen und fuchtelte ein bisschen zu wild mit ihrem Glas, sodass sie den Prosecco beinahe überall verschüttet hätte. George lächelte und bekam dabei Fältchen um seine strahlenden Augen.

»Genau! Das habe ich mir auch gedacht! Und es ist noch dazu so viel billiger – Eloise meint, ich wäre einfach ein Scrooge. Aber das bin ich doch nicht, oder?«

»Absolut nicht! Ich bleibe die gesamten Feiertage über in der Stadt. Meine Kumpel sind zu Silvester alle da, und ich hab so viel Arbeit, die ich erledigen möchte – mit Deadlines bis Jahresende, du weißt schon. Mein Dad und meine Stiefmutter meinten, sie würden gerne irgendwohin in die Sonne fliegen. Also hab ich gesagt, nur zu. Warum denn nicht?«

Okay, das ging vielleicht einen Schritt zu weit. »Du hast deinen Eltern gesagt, dass sie zu Weihnachten wegfahren sollen? Dann siehst du sie überhaupt nicht?«

»Sie kommen mich nach Neujahr besuchen. Dann habe ich ein paar Tage frei. Ich werde mit ihnen in ein Musical gehen. Das gefällt ihnen immer.« Er brach ein Stück Pizzarand auseinander und konzentrierte sich kurz darauf, bevor er unter seinen hellen Wimpern aufblickte. »Du könntest ja mitkommen, wenn du magst. Wenn das nicht zu vermessen ist. Ich habe –« Lachend brach er mitten im Satz ab und wurde ein bisschen rot. »Ich hab ihnen alles über dich erzählt. Ist das abartig? Ich weiß ja, dass wir erst ein paar Dates miteinander hatten, aber …«

»Oh mein Gott, nein, ich habe genau das Gleiche bei meinen Eltern gemacht!« Vielleicht war sie wegen dem Prosecco so forsch, oder vielleicht freute sie sich einfach zu hören, dass er von ihr genauso angetan war wie sie von ihm. Cara musste grinsen, weil er so erleichtert aussah.

Sie aßen fertig und spazierten dann Hand in Hand zum Kino um die Ecke. Die Lichter überall kamen Cara schon wieder ein bisschen magischer vor.

Sie war kein Scrooge. Und Weihnachten in London sah schon gleich viel besser aus.

Noch zwanzig Tage bis Weihnachten

Kapitel 2

»Kann ich dir helfen?«

Eloise schnaufte und blickte über ihre Schulter auf den Typ aus Nummer drei, der in einer Cabanjacke mit Wollschal und Beanie der Kälte trotzte. So, wie er sie angrinste, bezweifelte sie, dass sein Angebot ernst gemeint war.

Jamie Darcy, ihr Nachbar, war mehr *arsey*, also pampig, als Darcy, der Gentleman aus Jane Austens *Stolz und Vorurteil*.

Und jetzt gerade sah er mehr als nur ein bisschen verärgert aus, weil sie die Stufen blockierte. Die Autoschlüssel baumelten an der Spitze seines Zeigefingers, der wiederum in Lederhandschuhen steckte.

»Ich komm schon klar«, meinte sie schnippisch, wenn auch schwer atmend. Sie schwitzte in ihrem Mantel. Der verdammte Baum hatte nicht in ihren Polo gepasst, deshalb hatte sie den Bus nehmen müssen. Was bedeutete, den fast zweieinhalb Meter hohen Baum den Hügel bis zu ihrer Wohnanlage hinaufzuschleppen. Dabei erntete sie böse Blicke, wann immer eine lästige Tannennadel jemanden pikte, der ihr zu nahe kam. Die Freitreppe bis zur Haustür war allerdings ein echter Kampf.

Jamie machte einen Schritt zu Seite und beobachtete, wie sie das Ding eine weitere Stufe hochhievte. »Ist der nicht ein bisschen zu groß für die Wohnung?«

Dabei musste er das genau wissen. Die Wohnungen in dieser Straße waren alle gleich groß. Sechs pro Gebäude, zwei pro Etage und sieben Wohnblocks insgesamt. Die Wohnungen waren einigermaßen geräumig, aber ein Zweieinhalb-Meter-Baum würde nicht so leicht hineinpassen.

»Der ist nicht für meine Wohnung.« Mein Gott, sie musste wirklich öfter zu diesem CrossFit-Training gehen. Oder besser: überhaupt hingehen. »Der ist für die Schule.«

»Verstehe. Und du hast ihn am Hals, weil …?«

»Weil ich angeboten habe, ihn abzuholen. Weil manche von uns vor Weihnachten gern nette Sachen für andere machen.« Und weil sie, als der Direktor sie darum gebeten hatte, schlecht hatte Nein sagen können. Nicht nachdem sie an die große Glocke gehängt hatte, wie sehr sie Weihnachten liebte. Schließlich hatte sie sich beim Krippenspiel engagiert und Kurse in der Mittagspause angeboten, in denen die Kinder ihren eigenen Weihnachtsschmuck basteln oder Plätzchen verzieren konnten. Noch dazu war sie diejenige gewesen, die einen echten Weihnachtsbaum gefunden hatte, der das Budget nicht sprengte. Irgendwie hatte sie einfach die Verantwortung dafür übernommen.

»Na schön, ich hab's verstanden. Dann mach mal Platz.«

Bevor sie widersprechen konnte, schob er sich an ihr vorbei. Gegen die Nadeln, die durch das Kunststoffnetz stachen, schien er immun zu sein, denn er legte die Arme um den Baum und hob ihn hoch.

Eloise stolperte aus dem Weg, tastete in der Manteltasche nach dem Schlüsselbund und sperrte die Tür auf, damit Jamie ihn einfach im Flur absetzen konnte. Neugierig blickte er sich um und bemerkte die weiß angemalten Schneeflocken aus Holz, die an roten Bändern von der Decke herabhingen, das Lametta um das Bild an der Wand und massenhaft Geschenkpapier, das aus einem Karton quoll, den sie im Flur stehen gelassen hatte.

»Sieht aus, als hätte hier ein Weihnachtself gekotzt.«

»Ich hab mich dieses Jahr zurückgehalten«, gab sie sofort zurück und das war nicht mal gelogen. Im letzten Jahr hatte sie überall dieses glitzernde Ziehharmonika-Girlandenzeugs aufgehängt. Aber weil Josh das gehasst hatte, spendete sie alles an die Schule, nachdem er sich eine Woche lang darüber beklagt hatte.

In diesem Jahr konnte sie die Wohnung natürlich dekorieren, wie sie wollte.

Der Gedanke schmerzte immer noch.

»Yeah, genau danach sieht's aus.«

»Danke fürs Helfen«, sagte sie ein bisschen barsch, um ihm zu verstehen zu geben, dass er gar nicht versuchen sollte, sich auch noch den Rest der Wohnung anzusehen, sondern stattdessen jetzt bitte gehen.

Jamie hatte dort schon gewohnt, als sie im August letzten Jahres eingezogen war. Obwohl sie einigermaßen höflich miteinander umgingen, vermittelte er immer den Eindruck, eigentlich was Besseres vorzuhaben. Er gefiel ihr nicht besonders – und dabei war Eloise stolz darauf, jemand zu sein, der versuchte, mit jedem Menschen auszukommen. (Dazu war sie geradezu gezwungen gewesen, weil Cara in der Schule immer so kontaktfreudig gewesen war; alle wollten mit ihr befreundet sein.)

»Kein Problem. Aber, äh, noch eine kurze Frage – wie genau hast du vor, das Ding in die Schule zu schaffen? Oder auch nur wieder die Treppe runter?«

»Jemand holt mich ab. Jemand mit einem Auto, das groß genug ist, dass der Baum hineinpasst. Und jemand, der mit anpackt.«

Jamie nickte und lächelte sie flüchtig an, während er die Wohnung verließ. »Alles klar. Bis dann.«

»Ja, bis dann. Und danke noch mal.« Sie machte die Tür hinter ihm zu.

Nachdem sie den Stress mit dem Baum endlich hinter sich hatte, lehnte sie sich gegen die Tür und seufzte tief, bevor sie die Stiefel von den Füßen strampelte, Mantel und Tasche auf den Stuhl neben der Tür warf. Sie hatte ihn genau zu diesem Zweck dorthingestellt. Den Mantel würde sie später ordentlich aufhängen.

Rasch schaltete sie den Wasserkessel ein, dann tappte sie auf Socken ins Wohnzimmer, um den Fernseher anzumachen. Erst zappte sie durch die Sender, dann blieb sie bei Film4. Da lief einer der *Fast & Furious*-Streifen –

nicht so weihnachtlich, wie sie es gern gehabt hätte, aber immerhin etwas, wo sie mittendrin einsteigen konnte.

Das Geräusch des kochenden Wasserkessels lockte sie in die Küche zurück. Allerdings erst, nachdem sie die Lichterketten eingesteckt hatte. Eine davon lag auf dem Schränkchen, wo der Fernseher stand, und natürlich hingen mehrere an ihrem eigenen Weihnachtsbaum. Der war gute eineinhalb Meter hoch. Ein etwas schütteres Ding, doch nachdem sie ihn mit Lametta, Kugeln und bunten Lichterketten (sowie natürlich ein bisschen Baumschmuck aus Cadbury-Schokolade) dekoriert hatte, war er perfekt.

Sich eine Stunde lang hinsetzen, um einen Film zu schauen, das war genau, was sie jetzt brauchte. Und dazu noch einen Mince Pie und einen Tee aus ihrer Schneemanntasse. Perfekt.

Die Perfektion wurde allerdings schon in der nächsten Werbepause gestört, weil jemand auf FaceTime anrief.

Eloise seufzte, leckte sich die letzten Krümel von den Fingern und stellte den Teller aufs Sofa, bevor sie nach ihrem Handy griff und den Bildschirm entsperrte. »Hi, Mum.«

Sie wurde mit den Klängen von *Mele Kalikimaka* begrüßt, die von irgendwoher erklangen. Auf dem Kopf ihrer Mutter wackelten zwei an einem Haarreif befestigte Schneemänner.

»Warum hast du eine Sonnenbrille auf?«, fragte sie, bevor ihre Mutter auch nur Hallo sagen konnte.

»Ach, Darling! Ich dachte, es wäre schon dunkel!« Dazu lachte sie aufgekratzt, sodass Eloise der Verdacht kam, ihre Eltern hätten den Weihnachts-Baileys schon ein bisschen vorzeitig geöffnet. Rasch nahm ihre Mum die Brille ab. »Wir haben Neuigkeiten! Dein Dad ist gerade mit Cara auf FaceTime, um es ihr zu sagen. Genau genommen war es ja auch ihre Idee. Irgendwie. Ihr Freund, dieser George, hat uns darauf gebracht.«

»Wovon redest du eigentlich?«

»Wir haben einen Urlaub gebucht!«

Eloise musterte sich selbst in dem kleinen Fenster auf ihrem Display: ein Auge zugekniffen, die Stirn gerunzelt, die Oberlippe total verwirrt auf einer Seite hochgezogen. »Äh, okay. Wie schön, Mum.«

»Zu Weihnachten!«

Eloise meinte zu hören, wie Santas Schlitten mit einer Bruchlandung auf die Erde knallte.

Ihre Mum bekam davon offenbar nichts mit, denn sie redete in rasendem Tempo weiter. Mit glänzenden Augen und einem strahlenden Lächeln im Gesicht. »Weißt du, Cara hat uns erzählt, wie Georges Eltern sich einen Last-Minute-Urlaub gebucht haben, um über Weihnachten für eine Woche in die Sonne zu kommen, also haben wir auch mal geguckt, und, ach, mein Schatz, du glaubst nicht, was für ein super Angebot wir uns gesichert haben! Eine Woche Teneriffa, all inclusive! Ein absolutes Schnäppchen! Wir fliegen am Dreiundzwanzigsten hin, damit wir pünktlich zu Silvester wieder da sind. Denn ich würde Sandras

Silvesterparty im Pub auf keinen Fall verpassen wollen. Das ist immer ein großartiger Abend.«

Ach ja?, dachte Eloise verbittert und musste sich sehr anstrengen, es nicht laut auszusprechen. *Gott bewahre, dass ihr die Silvesterparty im örtlichen Pub verpasst, aber klar, Weihnachten kann man auslassen; keine große Sache.* Als ob Cara nicht schon genug vermasselt hätte, weil sie beschlossen hatte, erst am Weihnachtstag nach Hause zu kommen anstatt schon ein paar Tage vorher. Und als ob es ihr nicht ohnehin schon vor dem ersten Weihnachten seit Jahren ohne Josh graute und sie sich deshalb mehr denn je auf ein paar Tage mit ihrer Familie freute. Vor allem mit Cara. Es kam ihr vor, als hätten sie schon seit einer Ewigkeit nicht mehr zusammen abgehangen oder überhaupt Zeit miteinander verbracht.

»Ich bin so froh, dass ich mit den Mädels in diesen Fitness-Stunden war, um schon vor Weihnachten ein paar Pfund abzuspecken. Denn ich wüsste gar nicht, wo ich um diese Jahreszeit einen Badeanzug und Sommerkleider finden sollte, wenn mir meine nicht mehr passen würden! Und dein Dad hat sich eines dieser Hawaiihemden gekauft. Knallgelb mit großen pinkfarbenen Blüten drauf. Sieht natürlich absolut lächerlich aus, aber er war nicht davon abzubringen!«

Und ihr seid ganz eindeutig auch nicht davon abzubringen wegzufahren.

»Also ...« Eloise schluckte den Kloß in ihrem Hals runter. Im Fernsehen war wieder Vin Diesel zu sehen, und sie griff nach der Fernbedienung, um den Ton abzuschalten. »Dann seid ihr also an Weihnachten im Urlaub. Und Cara kommt nicht nach Hause. Also bin ich – bin ich an Weihnachten ganz allein.«

»Ach nein, sei nicht albern! Natürlich kannst du trotzdem nach Hause kommen und Cara wird ja auch hier sein – nur nicht gleich am Morgen. Sie meinte, sie könnte auch einen Tag oder so von zu Hause aus arbeiten, wenn es sein müsste. Du kannst doch immer noch zu deiner Tante, deinem Onkel und ihren Kindern fahren.«

Die Tante und der Onkel wohnten über eine Stunde von ihrem Zuhause entfernt. Außerdem hatten sie sich nicht besonders viel zu sagen, seit sie an die Uni gegangen war und man sich nur noch ein paarmal im Jahr sah. Dort gab es am Weihnachtstag nicht einmal Truthahn, weil es »zu viel Aufwand« war.

Ihre Mum redete trotzdem einfach weiter: von ihrem Hotel (viereinhalb Sterne bei TripAdvisor, weißt du) und der einen absolut miserablen Bewertung (aber natürlich war das wahrscheinlich ein einmaliger Ausrutscher) und wie nah der Strand war und –

Eloise sah ihrer Mum an, wie sehr sie sich freute. Die Stimme ihres Dads war leise im Hintergrund zu hören, wo außerdem inzwischen Michael Bublé *Holly Jolly Christmas* sang. Anscheinend erzählte er Cara gerade dieselben Neuigkeiten. Er klang genauso begeistert.

Und warum sollten die beiden sich auch nicht freuen? Sie liebten ihre Urlaube am Mittelmeer. Also waren sie von der Aussicht auf ein bisschen Sonne im Winter natürlich auch angetan.

Ihre Eltern konnten ja nichts dafür, dass sie nicht verraten wollte, wie großes Heimweh sie hatte oder wie einsam sie sich hier manchmal fühlte.

Also setzte sie ein Lächeln auf, stellte ihrer Mum die richtigen Fragen, tat so, als wäre das in Ordnung – sie würden vom Strand aus facetimen! Ihre Eltern würden einen Riesenspaß haben! Natürlich machte ihr das nichts aus! Sie würden sich gegenseitig Fotos von ihren Weihnachtsessen schicken! Haha!

(Oh Gott, Weihnachtsessen – das war immer die Aufgabe ihres Dads gewesen ... Was sollten sie jetzt bloß machen? Würde Cara erwarten, dass sie sich um alles kümmerte? Sie konnten doch am Weihnachtstag nicht *keinen* Braten essen.)

Das war alles Caras Schuld. Caras und die von diesem verdammten Typen, den sie datete. George. Eloise hatte bisher nur wundervolle Dinge über diesen perfekten, stürmischen, attraktiven George gehört, aber das hier brachte sie dazu, ihn quasi zu hassen. Er hatte Weihnachten zerstört.

Cara hatte es irgendwie schon kaputtgemacht, als sie vor ein paar Tagen angerufen hatte, um zu sagen, dass sie nicht den ganzen ersten Weihnachtstag über da sein würde. Aber damit hätte Eloise gerade noch leben können. Es wäre nicht toll, aber sie würden immer noch den Großteil des Tages haben. Außerdem würde sie abends ja auch nicht bei Joshs Familie sein wie an den letzten paar Weihnachten.

Sie käme damit klar, dass Cara den Weihnachtsmorgen schwänzte.

Aber das hier?

Weihnachten war die beste Zeit des Jahres. Für Eloise fing es schon im November an. Sie hatte sich so darauf gefreut, wieder nach Hause zu fahren, ein paar Tage mit ihrer Familie zu verbringen, die üblichen Filme auf DVD zu gucken, Spiele zu spielen, zu viel zu futtern …

Und jetzt würde sie am Weihnachtstag ganz allein aufwachen. In einem großen, leeren Haus.

Konnte es überhaupt noch schlimmer kommen?

Noch achtzehn Tage bis Weihnachten

Kapitel 3

»Kommst du mit?«

»Hm?«

Jen rollte mit den Augen und klopfte mit ihrem Kartenetui gedankenverloren an die Trennwand vor Caras Schreibtisch. »Starbucks. Das habe ich doch gerade erklärt. Du meintest, du würdest zuhören.«

»Sorry.« Cara blickte konzentriert auf ihren Bildschirm, sie überprüfte die E-Mail noch einmal und löschte ein Ausrufezeichen, bevor sie auf Senden drückte. Dann sah sie wieder zu Jen auf. »Tut mir leid. Ich schwöre, jetzt höre ich dir zu.«

»Zeit für Starbucks. Kommst du mit?« Caras Augen flogen zu Daves Büro, und sie öffnete den Mund, um zu antworten, aber Jen war schneller: »Es war doch sogar Dave, der gefragt hat, ob wir nicht alle auf einen Weihnachtskaffee rauswollen.«

»Ich weiß nicht. Ich muss noch so viel für die Last-Minute-Geschenkeaktion nächste Woche erledigen …« Wie aufs Stichwort ploppte eine E-Mail von einer Kerzenboutique aus Nordwales in Caras

Posteingang auf. Prompt gefolgt von der E-Mail-Reaktion eines Geschäfts in der Innenstadt, das hoffentlich auch vorhatte, bei dieser Aktion mitzumachen. »Ich bin gerade …«

»Oh mein Gott«, seufzte Jen genervt, aber halb lachend, »lass gut sein. Du würdest ja doch nur die ganze Zeit auf dein Handy starren. Also, was soll ich dir mitbringen?«

Jen hatte ihre Stelle im PR-Team in derselben Woche angetreten, in der Cara in die Firma gekommen war. Trotz des Altersunterschieds von vier Jahren hatten sie sich auf Anhieb gut verstanden. Es hatte nicht lange gedauert, bis die gemeinsamen Kaffeepausen und Mittagessen in After-Work-Drinks und Wochenendstreifzüge durch die Geschäfte übergegangen waren. Jen war eine großartige Freundin, vor allem in Zeiten wie diesen, weil sie verstand, wie viel Cara zu tun hatte.

Die Firma – Klikit – gab es bereits seit ungefähr vier Jahren, aber so richtig durchgestartet war sie erst vor etwa einem Jahr, als sie auf der Startseite des App Stores auftauchte und die Zahl der Twitter-Follower in die Höhe schoss, sodass das Unternehmen ein Begriff und eine echte Konkurrenz am Markt wurde. Trotzdem war es noch ein weiter Weg, und jeder im Büro arbeitete schwer, um es zu schaffen – und Cara liebte das. Ihr gefiel der Druck, und sie mochte die neuen Herausforderungen, die jeden Tag in ihrem E-Mail-Posteingang auftauchten. Sie liebte das Team, die Plattform, die Arbeit, einfach alles.

Aber sie liebte auch guten Weihnachtskaffee.

»Toffee Nut. Mit Sahne. Außer du gehst zu Costa, dann nehme ich den Gingerbread Latte. Ooh, und bringst du mir noch einen Muffin mit, wenn du schon mal da bist? Irgendwas, das nach Weihnachten schmeckt. Egal was. Solange es kein Mince Pie ist. Ich glaube, wenn ich noch *einen* Mince Pie esse, kommt er mir direkt wieder hoch.«

Seit mittlerweile einem Monat brachten die anderen kistenweise Mince Pies mit ins Büro.

Eloise hätte es geliebt. Und anfangs war es Cara auch so gegangen – aber so viele Mince Pies wie hier konnte kein Mensch vertragen. Sie war schließlich nicht der Weihnachtsmann.

»Verstanden.« Jen wackelte zum Abschied mit den Fingern, während ein paar andere vorbeiliefen, die schon in Mäntel gepackt waren, bereit zum Abmarsch. »Man sieht sich, so in einer Stunde.«

Cara verscheuchte alle, die an ihrem Schreibtisch vorbeikamen, und konzentrierte sich wieder auf ihren Bildschirm, der sie in eine Welt von Entwürfen für Anschreiben, Agenturfotos und E-Mails tauchte. Sie sah kaum auf, bis ihr der Duft von Toffee Nut in die Nase stieg.

»Du bist die Beste.«

»Gern geschehen«, flötete Jen zurück. Cara schaute zu ihr hoch, rollte den Kopf in den Nacken, um die Muskeln zu entspannen, und nahm einen großen Schluck von ihrem noch dampfend heißen Latte. Himmlisch. Das war flüssiges Weihnachten. Eierpunsch war nichts dagegen: Das war die wahre Magie, direkt vor ihrer Nase.

Jen plapperte währenddessen fröhlich drauflos und erzählte den neuesten Büroklatsch, und Cara nahm sich zehn Minuten Zeit, um das alles zu genießen. (Denn verdammt, hatte Molly aus der Finanzabteilung echt was mit Patrick von der IT? Hatte sie nicht einen festen Freund oder so?)

Schließlich ging Jen zurück zu ihrem Schreibtisch und Cara schaltete wieder in vollen Arbeitsmodus.

Um kurz nach sechs Uhr brach sie ein weiteres Stückchen von ihrem Muffin ab und steckte es in den Mund, da kam Dave an ihrem Schreibtisch vorbei.

»Dude«, sagte er, »geh mal nach Hause.« Er nannte jeden Dude. Sogar die Putzfrau.

»Mach ich, nur noch eine Minute. Ich muss nur noch …« *Ping*. Wer zur Hölle arbeitete jetzt überhaupt noch und reagierte auf E-Mails? Waren die Bürozeiten nicht längst vorbei?

Cara begann, eine Antwort zu tippen.

Lachend lehnte sich Dave an den Schreibtisch neben Caras Arbeitsplatz. »Du weißt aber schon, dass du nicht andauernd zwölf Stunden am Tag arbeiten musst, oder? Du bist auch so schon ein sicherer Kandidat für den Job. Du arbeitest doppelt so hart wie jeder andere hier. Und erledigst bereits die Hälfte meiner Arbeit mit.«

Cara riss ihr Gesicht vom Bildschirm los – und einen Moment später auch die Augen. Sie lächelte und sagte: »Ehrlich, ich gehe gleich nach Hause, sobald ich das hier fertig habe. Ich will nur sichergehen, dass es erledigt ist, bevor ich mich auf den Weg mache.«

Was sie nicht erwähnte, war, dass sie auch *weiterhin* so viel arbeiten musste, um sich zu beweisen. Das war schon immer so gewesen, obwohl es, offen gesagt, weniger mit der Firma zu tun hatte als mit ihr selbst. Denn es gab hier Leute, die von Anfang an bei Klikit dabei waren und sich auch für Daves Job interessierten. Cara war zweiundzwanzig und erst seit anderthalb Jahren im Unternehmen. Da schien es viel zu früh, um nach einer Beförderung zu schielen. Also ja, sie musste sich reinhängen.

Sollte sie nicht befördert werden, konnte wenigstens niemand behaupten, es hätte daran gelegen, dass sie nicht schwer genug gearbeitet hatte. Außerdem liebte sie ihren Job. Sie genoss die Arbeit, darum fühlte es sich gar nicht so schrecklich an, so viel zu schuften.

Dave schüttelte den Kopf und lachte leise. »Na gut, aber im Ernst – sieh zu, dass du nach Hause kommst.« Er deutete mit dem Kopf auf Caras Bildschirm. »Der ist auch morgen früh noch da. Und hey – sorg dafür, dass bei der Weihnachtsfeier nächste Woche dein Handy ausgeschaltet ist. Wir können nicht zulassen, dass du jeden Abend arbeitest. Der Laden bricht schon nicht zusammen, wenn du mal eine Pause machst.«

Cara lachte. »Geht klar, Chef.«

Gegen acht Uhr kam sie nach Hause. Draußen war es stockdunkel, aber drinnen war es (zur Abwechslung) mal warm und es roch nach Enchiladas. Da ihre Mitbewohner sehr unterschiedliche Jobs hatten (ein

Barmanager, einer im digitalen Marketing für eine Kette von Clubs, ein Mädchen in der Personalabteilung einer großen Modemarke und eine Journalistin), war es nicht immer möglich, Zeit miteinander zu verbringen. Und gewisse Leute (nicht dass sie Namen nennen würde, aber es war auf jeden Fall Henry) ersetzten nie die leere Klopapierrolle, wenn das letzte Blatt verbraucht war.

Aber in Momenten wie diesen – wenn Ihre Mitbewohner mehr als genug Essen für alle machten und sagten, dass noch Reste davon im Kühlschrank waren – liebte sie ihre WG aus ganzem Herzen.

Cara stellte ihren Rucksack neben der Wohnungstür ab und warf den Mantel auf den Garderobenhaken im Flur.

»Da ist noch Essen im Kühlschrank!«, rief Jamilla, eine ihrer Mitbewohnerinnen, aus dem Wohnzimmer. »Elliot hat Enchiladas gemacht.«

»Danke!«, rief Cara zurück und ging daraufhin direkt in die Küche, um die Essensreste aus dem Kühlschrank zu holen. Ooh, und es war sogar noch etwas Salat übrig. Die reinsten Engel!

Anfangs war für Cara die Vorstellung, mit vier wildfremden Menschen zusammenzuleben, beängstigend gewesen. Eine neue Stadt und ein neuer Job? Klar, das war aufregend. Aber ein Haus mit vier völlig Fremden zu teilen?

Ein paar Leute, die sie von der Uni kannte, hatten das auch mal gemacht, und Cara kannte deren Horrorgeschichten von Albtraum-Mitbewohnern oder fürchterlichen Vermietern, also musste sie sich glücklich schätzen: Sie kam mit ihren Mitbewohnern sehr gut aus. Und sie kochten für alle und hielten das Haus sauber, was ein großer Fortschritt gegenüber so manchen war, mit denen sie zu Unizeiten zusammengewohnt hatte.

Mit den aufgewärmten Enchiladas ging Cara ins Wohnzimmer, wo zwei ihrer Mitbewohner Fernsehen schauten und sich unterhielten.

»Alles klar, Cara?«, fragte Elliot und blickte von seinem Teller mit Essen auf. Jamilla lag ausgestreckt auf dem zweiten Sofa und blätterte in einer Zeitschrift. Während Cara aß, tauschten die drei Geschichten über ihren Tag aus, bis Caras Handy surrte.

Seit sie nach Hause gekommen war, hatte sie nicht mehr auf ihr Telefon geachtet und bemerkte nun ein paar Nachrichten. Ein Text von Eloise. Ein Foto ihrer Mutter in der Familien-WhatsApp-Gruppe im Partnerlook mit ihrem Vater in den #*Elfie*-T-Shirts, die sich die Eltern für den bevorstehenden Urlaub gekauft hatten. Ein verpasster Anruf sowie vor wenigen Sekunden eine Nachricht von George.

Caras Gesicht leuchtete auf, verräterisch, denn Jamilla sagte prompt: »Oo-ooh, lass mich raten. Eine Nachricht von dem berühmten George.«

»Vielleicht.«

»Den solltest du dir warmhalten, C, ich schwöre bei Gott«, warf Elliot ein. »Was meinst du, wie viele Typen sonst noch ihre Mittagspause opfern würden, um dir deinen Lieblings-Starbucks ins Büro zu bringen?«

»Das war nur ein einziges Mal.« Aber gestern war das wirklich eine sehr nette Überraschung gewesen: George hatte die Verabredung am Abend zuvor kurzfristig absagen müssen und wollte das wiedergutmachen, obwohl Cara kein Problem damit gehabt hatte.

»Los, lass deine Freunde ruhig im Stich und ruf den Loverboy zurück«, sagte Jamilla und grinste Cara an. »Wenn du's nicht tust, mach ich's.«

Cara streckte ihr die Zunge heraus und sammelte die herumstehenden leeren Teebecher, eine Müslischale und ihren Teller ein, um sie in die Küche zu bringen. Sie rief George zurück und stellte das Telefon auf Lautsprecher, während sie die schmutzigen Sachen in den halb vollen Geschirrspüler einräumte.

George nahm fast sofort ab. »Hey! Wie geht's dir? Bist du schon zu Hause?«

»Ja. Tut mir leid, dass ich deinen Anruf verpasst habe. Da muss ich in der U-Bahn gewesen sein. Ich hab gerade zu Abend gegessen.«

»Ich besuche nachher einen Kumpel zwei Haltestellen von dir entfernt – ist es in Ordnung, wenn ich heute Abend noch vorbeikomme? Also wenn du nicht zu müde bist? Ich würde dich gern sehen.«

»Oh! Ähm, na klar. Ja, absolut!« Sie zuckte innerlich zusammen und presste schnell die Lippen aufeinander. Hatte sie sich vielleicht zu begeistert angehört? Jetzt war es zu spät. »Schick mir eine Nachricht, wenn du vorm Haus bist, ich komm dann runter und lass dich rein.«

Sie hatte sich eigentlich darauf gefreut, sich zu einem der typischen Weihnachtsfilme auf Netflix unter die Bettdecke zu kuscheln. Eloise hatte ihr schon die ganze Woche über Empfehlungen mit Fünf-Sterne-Bewertungen geschickt. Aber das konnte sie ja verschieben, um ihren (Quasi)-Boyfriend zu sehen.

Cara hoffte, dass er ihr Boyfriend war.

Gott, sie hasste diese ganzen Bezeichnungen. Ab und zu miteinander reden, sich treffen, daten – warum gab es dafür neuerdings so viele Etiketten? Warum machte es ihr eigentlich so verdammt Angst, ihn einfach zu fragen, ob sie fest zusammen waren?

Sie hatte sich darüber nicht allzu viele Gedanken gemacht, bis sie George neulich eine Weihnachtskarte kaufen wollte – und ihr klar wurde, dass er möglicherweise ausrasten würde, wenn sie ihm eine Boyfriend-Karte schenkte. Oder eben enttäuscht wäre, wenn er eine bekäme, auf der nicht Boyfriend stehen würde.

»Ich muss dich was fragen.«

»Klingt ernst.« Cara drehte sich zu George. Sie lagen nebeneinander in ihrem Bett unter etwa drei Decken, ihr Laptop auf Georges Knien, während der Abspann von *Versprochen ist versprochen* lief.

»Ist es sehr seltsam, wenn ich dir etwas schenke? Also zu Weihnachten? Ich meine, ich weiß, dass ich neulich gesagt habe, dass du meine Eltern kennenlernen sollst, aber du könntest dich auch einfach mit irgendeiner Ausrede wegen deiner Arbeit drücken, und ich wüsste nicht einmal, ob du dir das nur ausgedacht hast oder nicht.«

Cara fragte sich, wer dafür gesorgt hatte, dass George in Sachen Beziehung so misstrauisch dachte.

Andererseits war sie total erleichtert, einen Typen gefunden zu haben, dem es nichts ausmachte, die Art von Fragen direkt anzusprechen, über die sie sich selbst den Kopf zerbrach.

»Ich toppe dich jetzt noch an der Front der ernsten merkwürdigen Fragen«, sagte sie und stützte sich auf den Ellbogen. »Darf ich dich schon jetzt meinen Boyfriend nennen oder müssen wir vorher noch ein paar Wochen die merkwürde Phase des zwanglosen, aber exklusiven Datings bewältigen?«

George lachte darauf so herzlich, dass sie den Eindruck hatte, die Antwort bereits zu kennen. Sein Lachen vermittelte ihr das gleiche wohlig warme Gefühl im Bauch, wie wenn sie *Tatsächlich … Liebe* anschaute.

»Ich finde, wir können diese Phase auslassen, meinst du nicht?«

»Am besten gleich alles überspringen«, sagte sie scherzhaft und machte eine wegwerfende Geste. »Zu Weihnachten erwarte ich einen Ring von Tiffany. Hochzeit im Juni. Kinder ungefähr im Oktober.«

»Immer mit der Ruhe. Es muss eine Winterhochzeit sein. Meine Stiefmutter bringt mich sonst um, wenn sie auf den Hochzeitsfotos mit Heuschnupfennase zu sehen ist. Meinst du, deine Eltern hätten etwas gegen ein uneheliches Kind?«

»Hm, da bin ich mir nicht sicher. Wir könnten ja einfach durchbrennen.«

»Las Vegas an Neujahr? Elvis kann uns trauen.«

»Klingt für mich nach einem Plan.«

»*Well, thank you very much, little lady, thank you very much*«, entgegnete George als wohl schlechtester Elvis-Imitator, den Cara je gehört hatte.

Sie brach in schallendes Gelächter aus, und George legte den Laptop vorsichtig beiseite, bevor er sich auf sie rollte, auf die Ellbogen stützte und sie sanft küsste. Seufzend beugte sie sich vor und lächelte gegen seine Lippen.

»Ich kann nicht allzu lange bleiben«, murmelte er, löste sich stöhnend von ihr und drückte die Stirn gegen ihre Wange. »Ich muss morgen früh raus.«

»Du könntest doch auch einfach … hierbleiben.« Cara spürte, wie sie knallrot wurde. Obwohl sie bereits Sex miteinander gehabt hatten (nach Date Nummer sechs), hatten sie noch nicht wirklich eine Nacht miteinander verbracht. »Ich habe eine Ersatzzahnbürste in meiner Kommode.«

Wieder lachte George. »Na, dann ist ja alles klar.«

Offensichtlich hatte Cara irgendetwas richtig gemacht, um in diesem Jahr beim Weihnachtsmann auf die Liste der braven Kinder zu kommen, denn George war absolut perfekt.

Noch vierzehn Tage bis Weihnachten

Kapitel 4

Sie würde das schaffen. Nur noch ein paar Tage Schule, bis die Ferien anfingen, und dann – dann würde sie nie mehr eine weitere Probe dieses verdammten Krippenspiels durchstehen müssen.

Wenn Eloise noch einmal das Christmas Carol *Away in a Manger* oder *Don't Stop Me Now* von Queen hören musste, würde sie schreien. Sie hatten das den ganzen Tag lang auf Dauerschleife laufen lassen, während die Kinder immer wieder das ganze Stück probten. Denn sosehr Eloise es liebte, sie dermaßen glücklich und im Weihnachtsfieber zu sehen, langsam machte es sie ein bisschen verrückt.

Sie schenkte sich ein großzügiges Glas Weißwein ein – selten war sie so glücklich gewesen, sich in ihr Sofa sinken zu lassen. Sie rief Cara über FaceTime an, aber der Anruf wurde abgelehnt und sie bekam stattdessen eine Nachricht.

Noch bei der Arbeit und danach gleich mit George verabredet. Ich versuch später, dich anzurufen xxx

PS Wie läuft's mit dem Krippenspiel? Oder bist du schon beim Vino?

Eloise war schwer enttäuscht, auch wenn sie eine fröhliche Antwort mit lauter Emojis schrieb. Es war sechs Uhr vorbei, und wegen des Kaffees, den Cara um 7.32 bei Instagram gepostet hatte, wusste sie, dass ihre Schwester heute schon früh angefangen hatte.

Während der Schulzeit und an der Uni hatte Eloise immer geglaubt, sie würden beide gleich hart arbeiten. Beide hatten Birmingham geliebt und im selben Studentenheim gewohnt, während sie ihre Prüfungen absolvierten. Eloise fand es in letzter Zeit nicht so schwer, von Cara getrennt zu sein, aber es wurde zunehmend unmöglich, auch nur mit ihrer Schwester zu *reden*. Vor allem seit es um diese Beförderung ging. Cara arbeitete verdammt noch mal zu viel.

So viel, dass sie sogar Weihnachten ausfallen ließ und ihre Eltern angestiftet hatte, das auch zu tun.

Eloise schickte Cara ein paar letzte Weinglas-Emojis und einen passenden Snapchat, dann legte sie ihr Handy weg. »Alles Lüge«, murmelte sie.

Und musste kichern. Ein halbes Glas Wein und schon war sie beschwipst. Wahrscheinlich hätte sie was essen sollen, bevor sie die Flasche aufmachte.

Als ihr Glas leer war, hatte auf einem der TV-Sender ein Film angefangen. Sie ließ ihn laufen, kuschelte sich in ihre Strickjacke und knipste die Lampe neben sich aus. Der Weihnachtsbaum und die Lichterketten leuchteten, dazu hatte sie noch eine Zimtzucker-Duftkerze angezündet, sodass das Zimmer in ein festliches, warmes Licht getaucht war.

Glückseligkeit.

Einsame Glückseligkeit, aber immerhin.

Sarkastisch dachte sie, dass das hier wahrscheinlich festlicher war als ihr Weihnachtsmorgen dieses Jahr.

Caras Schuld.

Sie war kaum so richtig in den Film eingetaucht, als es an ihrer Wohnungstür klopfte.

Eloise setzte sich auf, schaltete den Fernseher auf stumm und lauschte mit schräg gelegtem Kopf.

Noch ein Klopfen. Eindeutig an ihrer Tür.

Sie konnte sich nicht erklären, wer das sein sollte. Bestimmt jemand aus der Wohnanlage. Man brauchte nämlich einen Schlüssel, um überhaupt ins Gebäude zu gelangen. Oder den Code für die Schließanlage. Wenn also jemand tatsächlich an ihre Tür klopfen wollte, musste derjenige erst einmal ins Haus kommen.

Wieder klopfte es, diesmal lauter, eindringlicher.

Eloise kletterte vom Sofa, leicht schwankend – der Alkohol machte sich bemerkbar. Kichernd fing sie sich wieder. Bei der Tür angelangt (sie hatte für die Strecke mindestens dreimal so lange gebraucht wie normal), schaute sie durch den Spion.

Jamie schlug jetzt mit der Faust gegen die Tür. »Ich hab von draußen Licht bei dir gesehen, Eloise. Außerdem höre ich dich herumgehen.«

Sie löste die Kette und machte die Tür auf. Bemüht reckte sie das Kinn und zog eine Schnute. »Kann ich dir helfen?«

Sie hickste.

Kicherte wieder und hielt sich eine Hand vor den Mund. Ihr ganzes Gesicht fühlte sich warm an.

Jamie zog eine Augenbraue hoch, sah dann aber gleich wieder beleidigt und launisch aus. Grüblerisch, vielleicht. *Grüblerisch* war ein Wort, das zu ihm passte. Ganz wie Jon Snow. Und, oh, er trug eine Brille. Sie hatte ihn noch nie mit Brille gesehen. Ein rechteckiges schwarzes Gestell. Das stand ihm. Sehr sogar. Er räusperte sich, was sie aus ihrer konzentrierten Betrachtung riss. (Und sie hatte wirklich nur geschaut und ihn definitiv nicht angestarrt. Überhaupt nicht.) »Ich, äh, müsste dich um einen Gefallen bitten.«

»Brauchst du noch mehr Geschenkpapier?«

Vor zwei Tagen hatte er bei ihr geklopft, weil er Papier für ein Wichtelgeschenk in der Arbeit brauchte. Er hatte über ihre Kollektion von Bändern, Schleifen und Geschenkanhängern gelacht. Trotzdem hatte er welche genommen und nur gegrinst, als sie meinte, er habe etwas ausgesucht, das nicht zum Papier passe.

»Nein, äh, ich …« Jamie räusperte sich und streckte sich. Erst da fiel ihr auf, wie krumm er vorher dagestanden hatte. Er wirkte so viel größer, wenn er das tat, und sie trug auch nicht ihre üblichen Stiefel mit Absätzen. Seine Wangen wurden rot. »Ich hab mich ausgesperrt. Ich hab den Recyclingmüll runtergebracht und … einfach meine Schlüssel vergessen. Zurück ins Gebäude konnte ich ja, aber … nicht in meine Wohnung. Ich hab es bei der Hausverwaltung probiert, um einen Ersatzschlüssel zu bekommen, aber da ist erst morgen früh wieder jemand. Ich weiß, das ist eine echt seltsame Bitte, aber …«

»Du kannst hierbleiben«, sagte Eloise, bevor er noch länger weiterstammelte. Mein Gott, was für ein Gejammer. Als wären es mehr Umstände für ihn als für sie. *Blödmann*, dachte sie, lächelte dabei aber höflich. »Kein Problem. Hast du schon was gegessen? Ich bestelle vielleicht Pizza. Ich bin nämlich am Verhungern.«

»Ich könnte schon auch was essen.«

Eloise trat einen Schritt beiseite und machte mit der Hand eine einladende Geste, um ihn hereinzulassen. Hinter ihm machte sie die Tür zu und war erfreut, dass er seine Schuhe auszog, ohne dass sie ihn darum bitten musste.

Jamie folgte ihr ins Wohnzimmer und setzte sich ans andere Ende des Sofas. Er wirkte verlegen und fehl am Platz. Offenbar war er sich dessen bewusst, denn er fuhr sich mit der Hand mehrmals durch die Haare, putzte seine Brille mit dem T-Shirt und rieb sich das Kinn.

Hatte er schon immer so cute ausgesehen?

Vielleicht lag es an der Brille. Oder an den verstrubbelten Haaren.

Er könnte zu groß für das Sofa sein, überlegte Eloise. Aber sie konnte ihm ja wohl kaum das Bett anbieten. Dort schlief sie.

Er zeigte auf den Fernseher, und sie folgte ihm mit den Augen, während sie das Handy aufhob, das ihr vorhin auf den Boden gefallen war. Dann kontrollierte sie es auf neue Nachrichten, obwohl sie wusste, dass da keine sein würden. »Guter Film.«

»Ach ja? Ich habe ihn noch nie gesehen.«

Sie konnte sich nicht mal daran erinnern, wie er hieß. Nur dass Daniel Radcliffe mitspielte, es auch um Magie ging, aber nicht um *Harry Potter*. Gerade war Mark Ruffalo zu sehen.

Eloise ging auf die App von Dominos, wählte ein 2-Pizzen-Angebot aus und suchte eine für sich aus, bevor sie Jamie das Handy hinhielt, damit er auswählen konnte.

»Ich zahle es dir morgen zurück, sobald ich es schaffe, wieder in meine Wohnung zu kommen.«

Sie winkte ab, während sie die Angaben zu ihrer Kreditkarte eingab, die sie längst auswendig wusste. Ein Nebeneffekt von viel Online-Shopping an der Uni und der mangelnden Fähigkeit zu sparen. »Mach dir darüber keine Gedanken. Möchtest du Wein? Tee? Ich habe auch Kaffee, aber nur koffeinfreien. Hm … es ist auch noch Limo da. Oder Orangensaft. Oder –«

»Tee wäre gut. Aber ich mach ihn mir schon, kein Stress. Möchtest du auch welchen?«

»Hmm.« Machten Leute so was wirklich? Sich in der Küche von anderen zu schaffen machen? Das kannte sie bisher nur aus Filmen. War das jetzt arrogant oder nur höflich? Schwer zu sagen. Sie hätte sich für noch etwas Wein entschieden, wenn sie allein gewesen wäre, aber jetzt, wo sie Gesellschaft hatte, war es wohl eher ratsam, wieder nüchtern zu werden. »Yeah, warum nicht. Nur zu.«

Sie konzentrierte sich nur halb auf den Film, während sie darauf lauschte, wie er den Wasserkessel füllte, ein paar Schubladen aufzog, um Teelöffel zu finden, Becher vom Becherhalter nahm und ihre Blechdose mit der unmissverständlichen Aufschrift TEA öffnete.

Am liebsten hätte sie Cara geschrieben. Oder sie angerufen und ihr flüsternd erzählt, dass der pampige Nachbar die Nacht in ihrer Wohnung verbringen würde. Aber Cara war inzwischen sicher längst mit George unterwegs und da wollte sie die beiden nicht stören.

Jamie gab ihr den Tee. »Sorry, ich hab vergessen zu fragen, ob du Zucker nimmst. Aber da du nur eine Dose mit Teebeuteln rumstehen hast und keinen Zucker, wohl eher nicht.«

Eloise schüttelte den Kopf. Ihr Pony rutschte aus der Haarklammer, mit der sie ihn aus ihrem Gesicht hielt. »Nope. Danke.«

»Nein – ich danke dir. Ganz ehrlich. Ich weiß das echt zu schätzen. Ich weiß, das ist – ich weiß, dass ich bisher nicht gerade nachbarschaftlich freundlich war, umso mehr weiß ich es zu schätzen.«

Ooh. Das war möglicherweise das erste wirklich Nette, was er je zu ihr gesagt hatte.

»Kein Problem. Wobei ich mir, ganz ehrlich, ein bisschen Sorgen mache, dass du zu groß für das Sofa bist. Und ich habe keine Luftmatratze.«

Er versicherte ihr, es sei alles gut und er einfach dankbar, dass er nicht draußen im Flur übernachten müsse. Er fragte, wie es mit dem Krippenspiel in der Schule ginge. So verbrachten sie die nächsten zwanzig Minuten, bis die Pizza geliefert wurde (und sie ein bisschen ausgenüchtert war), damit, dass sie ihn mit Missgeschicken und rührenden Momenten unterhielt. Da kam auch die Lehrerin vor, die bei der zweiten Generalprobe heute aufgetaucht war und versucht hatte, die Hälfte der Lieder zu ändern.

Jamie war, wie sich rausstellte, ein tolles Publikum. Vielleicht war er nur besonders nett, weil sie ihn übernachten ließ, aber er hatte bisher noch nicht einen zynischen Kommentar zu ihrem Weihnachtsbaum abgegeben.

Als sie mit ihren Pizzen fast fertig waren, achteten sie kaum noch auf den Film. Jamie saß zu ihr gedreht, mit einem Bein auf dem Sofa und einem Arm auf der Rückenlehne. Eloise hockte im Schneidersitz und balancierte den Pizzakarton auf den Knien. Er streckte die Hand aus und nahm sich ein Stück, obwohl in seinem eigenen Karton auf dem Boden noch was drin war. Aber es machte ihr nicht das Geringste aus.

Er war auch lustig – jetzt, wo er nicht mehr den grummligen Nachbarn gab.

Sie hatte in der letzten Stunde mehr über Jamie erfahren als in allen anderen Gesprächen, die sie bisher geführt hatten, zusammengenommen.

Er arbeitete bei der hiesigen Einrichtung einer landesweit vertretenen gemeinnützigen Organisation für psychisch Kranke. Dafür hatte er Psychologie studiert. Er war ein Jahr älter als sie, hatte drei jüngere

Brüder und seine Familie stammte wie ihre aus Nottingham. Allerdings ein paar Ortschaften von ihrem Zuhause entfernt. Bei Facebook hatten sie sogar ein paar gemeinsame Freunde.

Es gab noch ein paar Gemeinsamkeiten: Beide liebten sie *Star Wars, The Crown* und *Game of Thrones;* beide hatten versucht, *Herr der Ringe* zu lesen, aber nach wenigen Kapiteln aufgegeben; beide hatten in Französisch Abitur gemacht. Es gab allerdings auch eine Menge Dinge, die sie unterschieden – beispielsweise die Tatsache, dass er die *Harry-Potter*-Bücher nicht besonders fand und deshalb nach dem zweiten Band ausgestiegen war. Darüber kam Eloise nur schwer hinweg.

»Na schön, dann verrate mir doch mal«, meinte sie, zu ihm gedreht und darauf bedacht, ihren Wein nicht zu verschütten. Sie hatten jetzt beide ein Glas und sie hatte bereits eine zweite Flasche öffnen müssen. Normalerweise bemühte Eloise sich, wenn Schule war, abends nichts zu trinken. Aber es war ein harter Tag gewesen, und sie hielt den heutigen Abend für einen guten Grund, um eine Ausnahme zu machen. Morgen würde sie das schwer bedauern, wenn sie einen Kater hatte und noch eine Probe für das Krippenspiel durchstehen musste, aber jetzt gerade erschien es ihr wie eine großartige Idee.

Jamies Wangen waren unter seinem Sind-das-nur-Stoppeln-oder-ist-das-ein-Bart gerötet, seine grünen Augen strahlten. »Was?«

»Warum bist du immer so brummig? Jedes Mal, wenn wir uns unterhalten haben, warst du so – wie

Oskar aus der *Sesamstraße*. Der Griesgram. Beinah ein Grinch.«

Er lachte. Das klang nett und voll. »Ich bin *nicht* brummig.«

»Doch, bist du. Und wie, Mr Darcy.«

»Bitte! Mr Darcy ist mein Vater.«

Eloise schnaubte, bevor sie meinte: »Ganz im Ernst. Wie zu Beginn des Romans. Total auf Distanz und launisch.«

Jamie lachte wieder, sah dabei aber verlegen aus. »Das bin ich nicht, oder? Ich bin doch nicht soo schlimm. Ich weiß schon, dass ich ein bisschen ... ich bin ein bisschen schüchtern, aber ich bin nicht *auf Distanz*.«

»Aber so was von.«

»Nein. Unmöglich. Man hat mir schon gesagt, ich wäre offen und freundlich. *Auf Distanz* hat mich noch keiner genannt.«

»Tja, jetzt schon.«

»Vielleicht liegt es daran, dass du süß bist. Und ich schüchtern.«

Innerhalb von Sekunden glühte Eloises Gesicht. Jamie lachte schon wieder. So ungezwungen und jetzt so breit lächelnd, dass sie sich sicher war, er hatte nur gescherzt. So musste es doch sein, oder? Er hatte von sich selbst behauptet, schüchtern zu sein. Schüchterne Menschen sagten solche Sachen doch nicht, oder?

»Da kann ich ja echt froh sein, dass du mir überhaupt die Tür aufgemacht hast, wenn ich dauernd so verdammt launisch bin.«

»Es ist Weihnachtszeit«, erklärte Eloise lächelnd und in der Hoffnung, nicht mehr rot im Gesicht zu sein. »Die Zeit, um zu verzeihen, guten Willen zu zeigen und das alles. Selbst wenn Weihnachten in diesem Jahr nur eine einzige große Scheiße wird.«

»Hey, hey, immer mit der Ruhe.« Jamie beugte sich zu ihr vor. »Du bist, im Vergleich zu den meisten anderen Leuten, die ich kenne, praktisch *Buddy – Der Weihnachtself*. Und du nennst Weihnachten eine einzige große Scheiße?«

»Na ja, nicht *Weihnachten* an sich.« Sie schnappte sich noch ein Stück Pizza. Sie hatte das noch nicht mal gegenüber einer der anderen Lehrerinnen an der Schule erwähnt oder gegenüber jemand aus ihrem Freundeskreis – denn ihre Freunde waren auch Caras, und sie wollte nicht, dass ihre Schwester dachte, sie würde hinter ihrem Rücken über sie lästern.

»Was dann?«

Obwohl Jamie Darcy aus Nummer drei wirklich der letzte Mensch war, von dem sie gedacht hätte, dass sie mit ihm darüber reden könnte, erzählte Eloise alles. Total peinlich wurde es ihr, als sie auch noch ein bisschen weinte, während sie ihm gestand, wie elend und einsam ihr manchmal zumute war, was für Heimweh sie hatte und dass Cara nicht mal zu merken schien, dass sie sie zugunsten ihres fantastischen Lifestyles in Londons vernachlässigte. Ihre wacklige Stimme ließ ihn verlegen auf den Fernseher starren, denn er schien sich nicht sicher zu sein, ob er darauf eingehen oder drüber hinwegsehen sollte.

»Das ist übel«, sagte er schließlich. »Ich kann mir gar nicht vorstellen, Weihnachten nicht mit der Familie zu feiern. Oder zu Weihnachten weit weg zu verreisen. Wer braucht denn schon Sonne? Man will doch lieber nach dem Abendessen spazieren gehen, seinen Atem als Wölkchen sehen, gemeinsam über die Kälte stöhnen und sich zwar wünschen, dass es schneit, aber auch froh darüber sein, dass es das nicht tut. Weil Schnee einfach total nervt.«

»Oh mein Gott, nein! Ich liebe Schnee. Alles sieht dann so schön aus. Vor allem in der Früh, wenn noch keiner draußen war.«

Jamie verzog das Gesicht. »Nope. Schnee ist furchtbar. Alles kommt zum Stillstand, und dann gibt es Matsch und Eis, und das ist noch schlimmer.«

»Ach, Unsinn«, widersprach sie lachend. Es war leichter, über Schnee zu lachen, als wieder darüber zu reden, was für eine Loserin sie war. Plötzlich bemerkte sie, wie spät es schon war. Seit vier Uhr herrschte draußen Dunkelheit und der Regen trommelte heftig an die Fenster der Wohnung. Erschrocken stellte sie fest, dass es schon nach zehn war. Normalerweise schlief sie um die Zeit tief und fest.

»Ich suche dir mal ein Kissen und ein paar Wolldecken zusammen«, sagte sie und sammelte Teebecher und Pizzakartons ein. Jamie versuchte, ihr zu helfen, und bot an abzuwaschen, aber sie winkte ab. Das würde sie morgen nach der Arbeit erledigen. Jetzt sollten sie besser schlafen gehen.

Sie holte die Wolldecken aus dem obersten Fach des

Kleiderschranks, überzog zwei Kissen frisch und trug alles zu Jamie zurück. »Ich habe auch ein T-Shirt, das dir passen sollte, falls du zum Schlafen was anderes anziehen möchtest.«

Er warf ihr einen ungläubigen Blick zu und zog die Augenbrauen hoch. »Wie das denn? Hast du irgendwie dreißig Zentimeter verloren? Beim Schleudergang im Wäschetrockner oder so?«

»Sehr witzig. Nein, es ist ein T-Shirt, das ich mal beim Ausgehen gewonnen habe, noch an der Uni. Ich weiß gar nicht, warum ich es aufgehoben habe.«

Sie wusste es sehr wohl, war sich aber nicht sicher, ob sie davon erzählen wollte. Ihr war klar, wie erbärmlich das klingen würde. Eloise verschwand noch mal in ihr Schlafzimmer und kam mit dem T-Shirt zurück. Es war schwarz, mit dem Logo eines Clubs vorne links und riesigen weißen Buchstaben auf dem Rücken: *Don't be #whiskeysour* und *1£ Shots die ganze Nacht.*

Das war noch nicht mal was, weswegen sie sentimental sein sollte. Sie kam sich ja selbst dumm dabei vor. Aber an jenem Abend war Josh dabei gewesen. Er hatte Bierpong gespielt, das T-Shirt gewonnen und ihr geschenkt. Sie hatte es den ganzen Abend über ihrem Kleid getragen.

Es war doch nur ein albernes T-Shirt, aber es erinnerte sie an den letzten Abend mit Josh, bevor alles den Bach runtergegangen war.

Mehr als fünf Jahre zusammen, und dann hatte er aus heiterem Himmel Schluss gemacht, um mit irgendeinem Mädchen, das er aus einem Kurs an der Uni kannte, auf Reisen zu gehen.

Als ob es Eloises Schuld gewesen war, dass sie gerade ihre Ausbildung als Lehrerin abschloss und dann eine Stelle an einer Grundschule bekam. Als ob ihre vernünftige Entscheidung hinsichtlich ihrer gerade beginnenden Karriere der letzte Tropfen gewesen war, der das Fass ihrer Beziehung zum Überlaufen brachte. Und nicht vielleicht *seine* Entscheidung, eine richtig gute Traineestelle auszuschlagen, um stattdessen monatelang durch Europa und Asien zu gondeln.

Ein Urlaub in Thailand – na klar, den hätte sie liebend gern gemacht. Aber monatelang mit Rucksack rumreisen und dafür einen Job opfern, den sie wirklich wollte? Er hatte doch immer gewusst, dass sie so nicht tickte.

(Er hatte auch nicht so getickt, bis *Alyssa* ihn dazu überredete, sie zu begleiten.)

All das hielt sie aber nicht davon ab, Joshs Instagram zu checken, bevor sie schlafen ging. Verbittert stellte sie fest, wie glücklich er ohne sie war. Er hatte seine ganzen Accounts in den sozialen Medien mit Fotos von sich und seiner neuen Freundin, überall auf der Welt, upgedatet. Das war wie Salz in ihren Wunden.

Es schmerzte, nachdem sie sich solche Mühe gegeben hatte, ihre Beziehung am Laufen zu halten, während sie an verschiedenen Unis studierten.

Und es schmerzte noch mehr, wenn sie daran dachte, dass sie immer diejenige gewesen war, die

Anstrengungen unternommen hatte: Er fand immer irgendwelche Ausreden, warum er sie nicht besuchen konnte, aber sie konnte ja zu ihm kommen. Oder warum er ihr keine Nachricht hatte zurückschreiben können. (Snapchat-Storys mit seinen Kumpeln hochzuladen, das schaffte er allerdings immer.)

»Nacht, Eloise!«, rief Jamie aus dem Wohnzimmer.

Beinahe wäre ihr vor Schreck das Handy aufs Gesicht gefallen. Aber sie riss sich schnell zusammen. Die Wirkung des Alkohols ließ schon ein bisschen nach.

»Nacht.«

Es war schön, zur Abwechslung mal wieder jemand zum Gutenachtsagen zu haben.

Noch zwölf Tage bis Weihnachten

Kapitel 5

Nur an Freitagen erlaubte sich Cara, pünktlich um fünf Uhr von der Arbeit nach Hause zu gehen. Wie viele der anderen das ständig taten.

Aber an diesem Freitag hatten sie und Jen schon um zwei Uhr nachmittags auf der Toilette eine Flasche Prosecco geöffnet, während sie sich schminkten. Die meisten Kollegen waren nach Hause gegangen, um sich fertig zu machen. Marcus, der Gründer und CEO von Klikit, hatte am Vormittag um halb zwölf das Büro für geschlossen erklärt und gesagt, alle sollten nach Hause gehen, um sich für die Weihnachtsfeier fertig zu machen. Cara hatte allerdings noch ein paar Dinge für das Wochenende erledigen müssen und Jen kannte das schon von Cara.

Also hatte Jen, der Weihnachtsengel, der sie nun mal war, und immer Caras Rettung, wenn die verzweifelt Koffein oder einen Muntermacher brauchte, bei ihr daheim ihren Kram zusammengesucht und ins Büro gebracht, damit sie sich dort für die Party hübsch machen konnte.

Jen kannte Cara gut genug, dass sie nicht fragen musste, was Cara outfitmäßig vorhatte. Caras paillettenbesetztes Spaghettiträgerkleid war ordentlich in ihrem Rucksack verstaut, zusammen mit einer Clutch. Sie hatte geplant, ihre restlichen Sachen übers Wochenende im Büro zu lassen: Die Schlüssel, Geld und das Handy würden in die Clutch passen.

»Ich hab dich lieb, habe ich das in letzter Zeit schon mal erwähnt? Du bist echt die beste Freundin aller Zeiten. Eine wahre Heldin. Die Art von Heldin, die eine eigene Fernsehsendung verdient.«

»Nur ungefähr drei Mal allein in der vergangenen Minute.« Jen lachte und beugte sich zum Spiegel vor, um die künstlichen Wimpern anzukleben. Sie grinste Cara im Spiegel an. »Aber mach ruhig weiter, bitte. Das stärkt mein Ego.«

Cara griff nach der Proseccoflasche und nahm einen Schluck. Warum sollte man ihn in Becher füllen, wenn man auch einfach aus der Flasche trinken konnte? Sie waren eben niveauvoll: Machten sich in der Bürotoilette zurecht und tranken um zwei Uhr nachmittags billigen Prosecco von Tesco Express unten an der Straße, während eine Spotify-Weihnachts-Playlist auf voller Lautstärke aus Jens Handy plärrte.

Die Party sollte erst um halb sechs beginnen, aber es würde eine gute Stunde dauern, um bei dem Verkehr zur Location zu kommen.

Das hieß, noch gute zweieinhalb Stunden, um drei Flaschen Prosecco (die waren im Angebot gewesen, da konnten sie nicht nur eine kaufen) und eine Schachtel Quality Street zu vertilgen.

Cara hätte gern das Geld für ein Taxi gespart und stattdessen die U-Bahn genommen, aber Jen stöhnte entsetzt bei der Vorstellung, was das mit ihrer Frisur anstellen würde, und hatte Cara die Höhe ihrer Absätze gesehen?

»Aber das Taxi wird sehr teuer.«

»Stell dich nicht so an. Ich zahle. Ich fahre auf keinen Fall mit der U-Bahn. Ich gebe mir doch nicht so viel Mühe mit dem Make-up, um es dadrin wegzuschwitzen.«

Natürlich würde Cara sie nicht einfach bezahlen lassen, aber bevor sie so viel Geld für ein verdammtes Taxi ausgab, brauchte sie mehr zu trinken. Sie versuchte zusammenzurechnen, wie viel sie der heutige Abend kosten würde, als ihr klar wurde, dass Eloise vielleicht recht hatte. Vielleicht war sie tatsächlich ein kleiner Geizhals.

Cara vertrieb den Gedanken und nahm einen weiteren Schluck vom Feinperligen, bevor sie sich auf den Waschtisch schwang und billigen roten Glitzer-Nagellack aus ihrer Schminktasche kramte. Ein Weihnachtsparty-Outfit war eben nur mit ein bisschen Glitter komplett.

Überall auf den Tischen funkelndes Folienkonfetti. Weiße Tischtücher. Silberne, mit weihnachtlichem Grün und Geschenkbändern verzierte Tafelaufsätze. Klavierversionen von Weihnachtsliedern ertönten leise aus Lautsprechern und vor dem riesigen blau und silberfarben geschmückten Weihnachtsbaum stand ein Fotograf herum.

Cara hatte Schluckauf. »Das ist verflucht schön.«

Jen kicherte und drückte ihren Arm. »Meinst du, es ist noch zu früh für Wein?«

»Nööö.«

Die Bar war voller Leute. Das ganze Büro war erschienen – alle dreiundvierzig – und hielt die drei Leute hinter der Bar auf Trab, gelinde gesagt.

»Ah, da ist sie ja!« Cara drehte sich um und Dave grinste sie mit einem Bier in der Hand an. »Ich hätte fast nicht mit dir gerechnet. Wir sind davon ausgegangen, du arbeitest noch.«

Cara lachte, wusste aber nicht, wie sie darauf reagierten sollte. War es wirklich so schlimm, viel zu arbeiten?

»Vermutlich sollte ich dir einen Drink spendieren«, sagte Dave.

»Warum?«

»Um gebührend auf dich als meine Nachfolgerin anzustoßen. Ich weiß nicht, ob ich nachher noch die Gelegenheit dazu haben werde.«

Cara blinzelte ihn eine lange Minute lang an. Der Prosecco auf leeren Magen war ihr echt zu Kopf gestiegen. Dabei hatten Jen und sie nur anderthalb Flaschen geschafft.

Nachfolgerin.

Sie brauchte eine Weile, bis sie begriff.

»Moment mal. Willst du damit sagen, dass ich – dass ich ihn habe? Ich kriege deinen Job?«

Lachend klopfte ihr Dave auf die Schulter. »Es ist noch nicht offiziell, aber ich habe mit Marcus gesprochen und – sagen wir einfach, es sieht gut aus.«

Cara lächelte steif, und nachdem Dave ihr den Spezial-Weihnachtscocktail der Bar gebracht hatte, einen roten Drink mit einer kunstvoll angeflammten Orangenzeste, der weihnachtlich duftete, ging Dave weiter, um sich mit jemand anderem zu unterhalten. Cara manövrierte daraufhin um ein paar Leute herum, damit sie zu Jen kam, die kaum einen halben Meter weiter am Tresen stand und mit Alfie plauderte.

Es sieht gut aus war nicht unbedingt eine Garantie. Für einen Augenblick hatte er ihr wirklich Hoffnungen gemacht.

Alfie lächelte sie an, als sie sich zu ihm und Jen durchschlängelte. »Alles klar, C?«

»Hi.«

»Love the dress.«

Diesmal fiel ihr Lächeln ehrlicher aus. »Danke. Tolle Krawatte.«

Alfie schaute an sich herab und hob seine Krawatte mit zwei Fingern an. Ein knallrotes Ungetüm mit grellgrünen Weihnachtsbäumen, in denen winzige LEDs asynchron blinkten. »Subtil ist meine Stärke.«

Cara musste unweigerlich lachen. Alfie war vierunddreißig, verheiratet, hatte drei Kinder und war im Grunde selbst noch ein großes Kind. Letzte Woche war er in einem Christmas-Pudding-Kostüm im Büro aufgetaucht. Er hatte sich für *Movember* einen lächerlichen Schnauzbart wachsen lassen und im Sommer die Haare pink gefärbt, als sich die Belegschaft für die Spendenaktionen von *Race for Life* engagierte.

Alfie und Jen hielten den gleichen Cocktail in den Händen wie Cara, und Alfie prostete beiden zu. »Cheers!«

Die drei stießen an. Cara war sich nicht sicher, was in dem Getränk war. Es schmeckte kräftig und sie nahm noch einen Schluck. Der Drink war *gut*.

»Und, haben sie's dir schon verraten? Wirst du die neue Chefin?«

Jen legte einen Arm um Cara. »Natürlich! Schließlich sprechen wir hier von Cara. Sie arbeitet wie ein Tier und kriegt alles hin.«

»Ich habe noch nichts Definitives gehört«, sagte sie. Sicher, Dave hatte zuversichtlich geklungen, und er hätte nichts gesagt, wenn er der Ansicht wäre, dass es nicht klappte, aber Cara hatte Angst, sich zu früh zu freuen. Mit dem Strohhalm stocherte sie an der Orangenzeste herum. »Und ich wäre nicht die Chefin.«

»Könnte aber gut sein. In zwei Jahren wirst du den Laden hier schmeißen. Das kannst du mir glauben.«

»Lass das ja nicht Marcus hören«, schimpfte Jen gespielt und dann kicherte sie. »Wir wollen doch, dass er gut gelaunt ist, damit er später allen eine Runde ausgibt.«

Danach drehte sich das Gespräch um die jeweiligen Weihnachtspläne. Alfie und sein Mann wollten mit den Kindern die Großeltern in Devon besuchen. Jen hatte vor, zu ihrer Familie in Brighton zu fahren. Bryan aus dem Digitalteam hatte sich zu ihnen gesellt und erwähnte, dass er mit seiner Familie an Silvester zur Hogmanay-Feier nach Schottland reisen würde.

»Und was ist mit dir?«, wurde gefragt, als Cara nichts von ihren Plänen erzählte.

»Oh. Ich weiß noch nicht.«

Die anderen starrten sie an.

»Also ich habe ein Ticket für den Bus nach Hause gebucht, aber ich bin mir nicht sicher, ob ich wirklich fahre. Ich kann mir den Fahrpreis erstatten lassen«, erklärte sie, doch die anderen starrten sie einfach nur weiter ungläubig an, als wäre sie verrückt geworden. Davon drehte sich ihr fast der Magen um, denn eigentlich hätte sie mit Eloise darüber reden sollen. Was sollte sie denn tun? Am 27. musste sie wieder arbeiten. Würde Eloise sie da besuchen? Und wenn ja, würde sie von Cara erwarten, dass sie einen Truthahn auf den Tisch brachte, mit allem Drum und Dran? Oder würde sie sich mit ein paar Bacon-Sandwichs und Bucks-Fizz-Cocktails begnügen?

Cara genehmigte sich noch einen Drink. Wenn die Leute sie weiterhin nach Weihnachten ausfragten, würde es ein *wirklich* langer Abend werden.

»Oh, Gott sei Dank.« Jen ließ sie los und stand auf. »Ernsthaft. Vielen, vielen Dank. Ich bin dir echt dankbar. Ich kann dir gar nicht sagen, wie froh ich bin, dass du genau jetzt da bist.«

Irgendjemand lachte. Ein Typ. Es war ein schönes Lachen. Ein ihr bekanntes Lachen. Cara hob den Kopf, ihre Lippen formten ein Lächeln und die Augen fielen ihr zu, während sie sich an einen Laternenpfahl lehnte. »*George*. Hallo.« Die Wörter waren so lang. Ihre Zunge schwer. Jetzt lächelte sie breiter.

»Oje«, sagte er und lachte wieder. Cara öffnete die Augen gerade so weit, um zu sehen, wie Jen ihr eine Clutch reichte, die genauso aussah wie ihre (und, oh, verdammt, wo war eigentlich ihre Clutch? Sie hatte sie verloren – und ihr Handy, ihre Schlüssel, ihre – nein, das war ja *ihre* Clutch).

George und Jen halfen Cara auf die Beine, sie schwankte, dann warf sie die Arme um Jen und drückte ihr einen feuchten Kuss auf die Wange. »Ich hab dich lieb. Du bist die Beste. Du bist meine liebste beste Freundin. Wusstest du das schon? Von all meinen besten Freundinnen bist du meine liebste.«

Jen löste sich von Cara und ließ sie in Georges Arme sacken, wo sie den Kopf hin und her drehte, um ihm einen Kuss zu geben. Er hatte schöne Lippen.

Schöne Lippen, die sie aber nicht erwischte, weil er sich bewegte, und darum landete der Kuss irgendwo an Georges Kinn. Nicht dass es ihr etwas ausmachte. Er besaß schließlich auch ein schönes Kinn. Er war überhaupt sehr schön.

»Du bist sehr schön.« George lachte wieder. Sie wusste nicht, was daran so lustig war; er *war* doch schön.

George wandte den Kopf von Caras Kuss ab und entgegnete: »Allein von deinem Atem werde ich schon betrunken. Wie viel hast du getrunken?«

»Sieben.«

»Sieben was?«

»Sie-ben!«, rief sie, imitierte den Juror Len Goodman der Tanzshow *Strictly Come Dancing* und bekam davon einen Kicheranfall. »Ich mag dieses Lied. Wollen wir tanzen? Let's rock around the Christmas tree. Du darfst auch der Baum sein.«

Hinter ihr schnaubte Jen wütend. »Wenn du nicht klarkommst, sag es gleich, bevor ich wieder auf die Party gehe.«

»Ich komm klar.« Jen umarmte sie mit einem Arm und warf ihr dann einen sehr strengen Blick zu, mit weit aufgerissenen Augen und fest zusammengekniffenem Mund. Dann schaute sie zu George. »Pass gut auf sie auf. Und schick mir eine Nachricht, sobald du sie zu Hause abgeliefert hast. Ich möchte sichergehen, dass sie okay ist. Meine Nummer ist in ihrem Handy gespeichert. Die PIN lautet fünf, sechs, acht, drei.«

»Fünf, sechs, acht, drei. Verstanden.«

Jen drückte noch einmal Caras Hand, dann war sie weg, wieder verschwunden im Inneren der Bar.

George legte den Arm um Caras Taille und Cara lehnte den Kopf an seine Schulter. Er roch auch gut.

Das Taxi allerdings nicht.

Cara zappelte herum und sah George panisch an. Sie spürte, wie ihre Augen hervortraten. »Meine Tasche. Ich habe meine Tasche vergessen. Ich habe meine Tasche verloren.«

»Ich hab sie.« Er hielt die Clutch hoch, lächelnd, und sie sackte erleichtert zurück in den Sitz.

»Ist mein Handy dadrin?«

Er sah nach. »Handy, Portemonnaie, ein Schlüsselbund, ein Lippenstift, ein Streifen Tombolalose und – warum hast du bei der Weihnachtsfeier einen Amazon-Gutschein dabei?«

Sie beugte sich vor, fiel ihm fast in den Schoß und schaute in die Tasche. »Oh! Den hab ich gewonnen! Bei der Tombola!«

»Wie gut, dass es keine Flasche Wein war.« Er lachte und sagte zum Taxifahrer: »Hier links, bitte. Ja – noch ein kleines Stück. Die blaue Tür da vorne.«

Als das Taxi hielt, versuchte sie, George die Clutch abzunehmen, um Geld herauszuholen, aber er schob Cara sanft weg, bezahlte die Fahrt und half ihr aus dem Wagen. Er führte sie zu einer Haustür und das Taxi fuhr wieder los.

Die Tür sah aus wie ihre Tür zu Hause.

George steckte Caras Schlüssel ins Schloss und da erkannte sie, es war ihre Tür.

Sie taumelte ins Haus, George fing gerade noch ihren Arm auf, um sie aufrecht zu halten, und sie lachte, presste den Zeigefinger an die Lippen, raunte: »Pscht!«, und stolperte in Richtung Treppe. Sie kippte nach vorne, ihr Oberkörper war schneller als die Beine, sodass sie sich mit den Händen an den Stufen abstützen musste. Das war okay. Sie konnte hochkrabbeln. Das würde Spaß machen.

George richtete sie wieder auf.

Die Treppe schien *endlos* lang.

In ihrem Zimmer angekommen, brach sie auf dem Bett zusammen, die Gliedmaßen von sich gestreckt, als würde sie einen Schneeengel machen. Sie wackelte mit den Füßen. »Kannst du mir helfen, die Schuhe auszuziehen? Oh, nein, doch nicht! Vergiss es! Nein, nicht die Schuhe ausziehen. Meine Füße stinken.«

George zog ihr einen Schuh aus und machte eine große Show daraus, bei dem Gestank geradezu zusammenzubrechen.

»Schon gut«, sagte er und griff nach dem anderen Schuh. Sie streckte ihm ihr Bein entgegen. »Ich bin teilweise ein Oger. Diese Art von Gestank bin ich gewohnt.«

»Danke, Shrek«, sagte sie ernsthaft und ihre Beine sackten zurück auf das Bett. Die Füße hingen über das Ende der Matratze. Ihr Kopf lag nicht ganz auf dem Kissen. Sie sah George zu, wie er auf ihrem Handy herumtippte. »Wieso kennst du meinen Code?«

»Jen hat ihn mir gesagt. Sie möchte wissen, dass du sicher zu Hause angekommen bist.« Cara hörte das Geräusch vom Auslöser der Kamera. »Ich schicke ihr nur einen Beweis, dass ich dich nicht entführt oder irgendwo in einem Graben liegen gelassen habe.«

»Danke, dass du mich nicht in einem Graben zurückgelassen hast.«

Daraufhin setzte er sich zu ihr auf die Bettkante. »Morgen früh wird's dir wirklich leidtun.«

»Ich glaube, es tut mir schon jetzt ein bisschen leid«, gestand sie.

»Ja, aber da kann ich dir helfen. Was du brauchst, ist Wasser, Kaffee und Pizza. Meinst du, du kannst so lange wach bleiben?«

»Nein.«

»Vielleicht lange genug, damit ich dir wenigstens aus der Küche Wasser holen kann?«

»Nein.« Aber Cara hatte ein paar Flaschen Wasser auf dem unteren Regalbrett ihres kleinen Bücherregals deponiert. Wippend drehte sie sich zur Seite, den Arm ausgestreckt, als könnte sie den Meter bis zu den Wasserflaschen schaffen, ohne sich weiter zu bewegen.

George stand auf und drückte ihr eine Flasche in die Hand.

»Du bist der Beste. Ich liebe dich.«

»Ach, ist das so?« Als sie ihn ansah, lächelte er, die Lippen aufeinandergepresst, als würde er versuchen, nicht zu lächeln. Aber seine Augen funkelten, genau wie ihr Kleid.

»Ja.« Sie hob den Kopf, um zu trinken, reichte George die Flasche zurück und ließ sich wieder auf die Matratze fallen. Hm, Bett. Glückseligkeit.

Kaum hatte sie die Augen geschlossen, stöhnte sie auf. »Ich hab's echt versaut.« Sich zu schämen, war das eine. Es noch einmal im Kopf durchzuspielen, das andere. »Wetten, jetzt habe ich die Beförderung vermasselt. Ich bin völlig am Arsch. Oh, Shit.«

»Ach was. Auf Weihnachtsfeiern spielt doch jeder ein bisschen verrückt. Das muss so sein. Es ist schließlich Weihnachten. Am Montag werden sich darüber alle amüsieren, wie du beieinander warst, und bis nächstes Jahr haben's alle vergessen.«

Cara stöhnte wieder auf, schlug die Hände vors Gesicht und rollte zu George. Ihr Kleid zerknitterte, die Pailletten stellten sich quer und knickten. »Ich muss meinen Pyjama anziehen«, sagte sie. »Dreh dich mal weg.«

Sie war ein wenig überrascht, als er genau das tat, und sie schaffte es tatsächlich, so lange stehen zu bleiben, um sich aus dem Kleid zu schälen und das übergroße T-Shirt eines Clubs überzustreifen, dem sie an der Uni angehört hatte und das sie als Schlafanzug benutzte.

»Danke, dass du mich abgeholt hast.«

»Schon okay. Du weißt, dass du mich ständig angerufen hast? Als du an der Bar warst. Hast mir gesagt, dass du mich liebst, und wolltest, dass ich komme, um all deine Freunde kennenzulernen. Du hast *Fairytale of New York* für mich gesungen.«

»Echt?«

»Beide Strophen. Es war grauenhaft.«

»Fuck you.«

»Vor zwei Minuten hast du mich noch geliebt.«

»Ja, aber dann hast du meinen Gesang beleidigt.« Cara buddelte sich unter die Decke und spähte darunter hervor. George sah sie mit hochgezogenen Mundwinkeln und schief gelegtem Kopf an. »Was ist?«

»Auf die am wenigsten gruselige Art gefragt: Ist es okay, wenn ich bleibe? Ich mach mir Sorgen, dass du brechen musst. Es sieht verdächtig danach aus. Wo ist dein Mülleimer?« Damit stand er auf, um ihn zu suchen, und schob ihn dann neben das Bett.

»Du siehst *selbst* verdächtig aus«, nuschelte Cara.

»Das heißt also Nein.«

»Du verstehst meinen Humor einfach nicht«, jammerte sie und rollte sich auf den Rücken. Sie schlug die eine Hälfte der Decke zurück. »Du kannst bleiben. Mir wird nicht schlecht, aber du kannst trotzdem bleiben. Und falls ich doch spucke, dann bist du selber schuld.«

Als sie sechs Stunden später aufwachte, schnarchte George neben ihr, ihre Zunge fühlte sich an, als wäre sie zu groß für ihren Mund, in ihrem Kopf hämmerte es, und in ihrem ganzen Leben war ihr noch nichts so peinlich gewesen. Sie traute sich nicht einmal, nach ihrem Handy zu greifen, um zu sehen, was für schreckliche, erniedrigende Dinge sie gestern Abend vielleicht fotografiert oder welche Nachrichten sie verschickt hatte.

Cara schloss schnell wieder Augen. Hoffentlich konnte sie die nächsten paar Stunden weiterschlafen, bis der Kater vorbei war.

Doch eigentlich hätte es ihr nichts ausgemacht, auch gleich Weihnachten und Silvester zu verschlafen.

Noch elf Tage bis Weihnachten

Kapitel 6

»Aaaaah«, stöhnte Cara ins Handy.

Eloise verbiss sich das Lachen und bemühte sich, mitfühlend zu klingen, als sie sagte: »Spaß gehabt gestern Abend?«

»Ganz im Gegenteil.«

Eloise streifte den Pinsel sorgsam am Fläschchen ab, bevor sie den Nagel ihres Zeigefingers lackierte. Es war ein billiger Lack, aber rot und mit Glitzer. Bis zu ihrer Party am Abend würde er schon halten. »Was ist denn passiert?«

Cara antwortete wieder nur mit einem Stöhnen.

»So schlimm kann's doch gar nicht gewesen sein.«

»Glaub mir, das war es. Wir haben um zwei angefangen zu trinken und ich hab einfach immer weitergemacht. Alles durcheinander. Unmengen von diesen echt lustigen Cocktails, aber keine Ahnung, was da drin war. Danach haben wir noch alle Jägerbombs in der Bar getrunken, wo wir hinterher waren.«

»Sag mir, dass du wenigstens vom Tequila die Finger gelassen hast.«

Das Schweigen ihrer Schwester genügte als Antwort.

»Ach, Cara, du weißt doch, dass du keinen Tequila verträgst.«

»Irgendwer hat eine ganze Runde bestellt. Ich war so durch und hab mich total lächerlich gemacht. Jen meinte, ich hätte Marcus gesagt, in zwei Jahren würde ich den ganzen Laden schmeißen.«

Eloise schnappte nach Luft und schlug sich schnell eine Hand vor den Mund, um nicht loszuprusten. »Oh mein Gott. Das hast du nicht gesagt.«

»Anscheinend doch. Und anscheinend fanden alle es zum Totlachen. Alfie ist schuld daran. Er hat es als Erster gesagt und mir den Floh ins Ohr gesetzt. Ich war übrigens um Mitternacht zu Hause.«

»Du meine Güte, Cinderella. Wie hast du das in dem Zustand überhaupt geschafft? Du hast doch nicht etwa die U-Bahn genommen, oder? Da hättest du in die falsche Bahn einsteigen können. Oder vom Bahnsteig fallen –«

»Schon gut, Mum, ich bin Taxi gefahren. Jen musste George anrufen, damit er mich abholen kam.«

»Was? Und das hat er wirklich gemacht.«

»Hat er.«

»Er ist ein Engel.«

»Ich hab ihm immer wieder gesagt, dass ich ihn liebe.«

Darüber musste Eloise kichern. Cara war wirklich lieb, wenn sie betrunken war. Sie wurde dann sehr gesprächig, machte mit jedem Selfies, kaufte allen

Drinks, umarmte jeden. Ihr Lächeln verblasste ein wenig. Wenn sie daran dachte, vermisste sie ihre Schwester.

»Wobei er heute Morgen irgendwie seltsam war«, sinnierte Cara. Eloise schaute stirnrunzelnd auf ihr Handy und ließ einen Tropfen Nagellack auf ihre Hand fallen.

»Shit«, murmelte sie. Und sagte dann: »Er ist über Nacht geblieben? Oh mein Gott, du hattest keinen Sex mit ihm, oder? Nicht so betrunken!«

»Nein! Natürlich nicht. Er ist nur geblieben, um aufzupassen, dass ich nicht im Schlaf brechen muss. Aber darum geht's auch gar nicht. Er hat heute Morgen mit jemand telefoniert. Er hat nur extrem leise gesprochen, sodass ich das meiste nicht verstanden habe. Er dachte, ich würde noch schlafen. Ich weiß auch nicht, aber er klang einfach so … so, liebevoll. Vertraut, verstehst du? Er sagte irgendwas über jemand namens Lina und dass er bald vorbeikommen würde. Und dann, als ich *aufwachte* –«, Eloise sah Cara das Gesicht verziehen und Anführungszeichen in die Luft machen, »– da meinte er, er müsse nach Hause. Er stürmte einfach davon, was schon seltsam ist, oder?«

»Hmm –«

»Denn wenn es einfach eine Bekannte wäre, dann hätte er doch sagen können, er würde eine Bekannte treffen. Aber er hat mir gegenüber noch nie von einer Lina oder irgendwem, der auch nur so ähnlich heißt, gesprochen. Außerdem war es doch total süß, dass er mich gestern holen kam und auf mich aufgepasst hat, als ich so betrunken war. Aber dann einfach so abhauen. Er ist nicht mal mehr für eine Tasse Tee geblieben.«

»Er hat dir nicht mal welchen gemacht, meinst du?«

»Das auch. Aber es ist schon seltsam, oder? Ich reagiere da nicht über?«

»Du hättest ihn einfach fragen können.« Nicht dass Eloise gefragt hätte, wenn sie an Caras Stelle gewesen wäre. Sie hätte genau das Gleiche getan – überreagiert, ihre Schwester angerufen und sie gefragt, ob das seltsam wäre oder sie selbst verrückt.

»Er ist vierundzwanzig, ja?«

»Yeah. Und?«

»Vielleicht hat er Kinder.«

»Ich habe das Gefühl, dass er das erzählt hätte.«

»Jude Law macht das in *Liebe braucht keine Ferien* auch nicht.«

Cara stöhnte. »Da haben wir's. Du bist absolut nutzlos.«

»Ich sag's ja bloß! Vielleicht gibt es eine total harmlose Erklärung. Das Beste wäre, du würdest ihn direkt drauf ansprechen. Und wenn du dann immer noch misstrauisch bist, dann … keine Ahnung. Checkst du seine Nachrichten? Oder ist das zu extrem?«

Bei Josh hatte sie nichts von alldem getan. Sie hatte gedacht, sie würde überreagieren, wäre paranoid und müsste sich in der Beziehung einfach ein bisschen mehr anstrengen. Weil sie zu bequem geworden war und sich keine Mühe mehr gab oder so. Das war alles ihre Schuld, hatte sie gedacht, und dass sie ihm doch vertraute. Das musste sie ja, wenn sie wollte, dass es funktionierte.

Aber vielleicht hätte sie seine Nachrichten checken sollen. Vielleicht wäre es dann nicht so ein Schock gewesen, als sie erfuhr, er würde mit einem anderen Mädchen auf Reisen gehen.

»Keine Ahnung.« Cara klang kurz angebunden und bissig. »Was würde Jude Law machen?«

»Du bist so fies, wenn du verkatert bist.«

»Ich bin fies, wenn mein Job potenziell in Gefahr ist. Und wenn ich möglicherweise meine Chance auf Beförderung vergeigt hab.«

»Sei nicht so eine Dramaqueen. Es war eine Weihnachtsfeier. Shit happens.«

»*Mir* passiert das nicht.«

Natürlich nicht. Der perfekten, ordentlichen Cara passierte so was nie.

»Wenn es so schlimm ist, nimm dir doch ein paar Tage frei. Fahr zu Mum und Dad nach Hause, bis ein bisschen Gras über die Sache gewachsen ist. Oder arbeite von zu Hause aus, sag, dir geht's nicht so gut.«

»Ich werde mich nicht zu Hause verkriechen«, meinte Cara schnippisch. »Ich kann meine Probleme selbst lösen.«

Nicht so wie du, hing unausgesprochen in der Luft. Nach der Trennung von Josh war Eloise nach Hause gefahren und eine Woche lang kaum aus dem Bett aufgestanden. Cara hatte sie für die letzten paar Wochen bis zum Abschluss zurück an die Uni geschleppt.

Und das, obwohl sie eigentlich nichts anderes wollte, als sich in ihrem Elend suhlen und all ihre Bilder bei Instagram löschen. Cara sorgte dafür, dass sie das nie vergaß. Wie kindisch sie sich benommen hatte, weil sie zu Hause Mitleid und Unterstützung gesucht hatte. Als ob sie selbst so viel besser wäre.

Eloise machte ein grimmiges Gesicht, bevor sie sich wieder auf die nächste Schicht Nagellack konzentrierte. »Was möchtest du denn von mir hören, Cara?«

Nichts, anscheinend. Ihre Schwester antwortete nicht. Eloise hätte darauf gewettet, dass sie schmollte, und machte sie insgeheim nach, wie sie eine Schnute zog.

Schließlich seufzte Eloise. »Bestell dir was zu essen. Trink einen Tee. Wir sprechen uns morgen. Dann müssen wir über Weihnachten reden.«

»Viel Spaß auf deiner Party.«

»Danke.« Eloise registrierte, dass Cara nichts dazu sagte, wie dringend sie über Weihnachten reden mussten. Jedes Mal, wenn sie in letzter Zeit versucht hatte, die Sprache darauf zu bringen, hatte Cara plötzlich irgendwas erledigen oder das Telefonat beenden müssen. Eloise gab sich solche Mühe, sich nicht anmerken zu lassen, wie verzweifelt sie deshalb war. Weihnachten alleine würde sie nicht aushalten.

Wahrscheinlich wäre schon der zweite Weihnachtstag, bevor Cara sich entschließen würde, darüber zu reden, was sie wegen Weihnachten machen sollten.

Eloise hatte gerade ihre Post aus dem Briefkasten neben dem Haupteingang geholt, als Jamie seinen Wagen parkte. Sie hielt ihm die Haustür auf, und er winkte, bevor er prallvolle Einkaufstaschen aus seinem Kofferraum holte.

»Sag nicht, dass du die Geschenke erst eine Woche vor Weihnachten besorgst«, sagte sie und deutete mit dem Kopf darauf.

»Na, wann denn sonst?«

»Ich fange im Oktober an. Manchmal auch im September, wenn ich was entdecke, das ich jemand schenken will.«

Er schüttelte lächelnd den Kopf. Sie hatten nicht mehr viel miteinander geredet, seit er die Nacht auf ihrem Sofa verbracht hatte, und das hatte sie beinahe ein wenig enttäuscht. Sie wusste zwar nicht genau, warum, aber so war es.

»Hast du was Nettes vor?«, fragte er mit Blick auf ihren Glitzernagellack und das Make-up. Die Lockenwickler in ihrem Haaren waren auch kaum zu übersehen. »Ein heißes Date?«

Eloise befühlte die Lockenwickler und lachte. Oh Gott, sie wurde doch nicht etwa rot, oder? Ihre Wangen fühlten sich an wie Feuer. Ob er das merkte?

Wann – *WANN?* – hatte sie bitte schön angefangen, für ihn zu schwärmen? Wann war das passiert? Bevor oder nachdem er bei ihr übernachtet hatte? War er schon immer so süß gewesen – denn, im Ernst, wie konnte es sein, dass sie vorher nie gemerkt hatte, wie attraktiv er war? Mit diesem Lächeln und diesem Kinn und diesen Augen?

Es musste an der Brille gelegen haben. Bevor sie ihn das erste Mal mit Brille sah, hatte er ihr nie gefallen.

Obwohl, jetzt trug er sie auch nicht, und in ihrem Bauch spürte sie trotzdem Schmetterlinge.

»Die Weihnachtsfeier von meiner Arbeit«, erklärte sie. »In der letzten Woche vor den Ferien, weißt du. Nichts Besonderes. Wir haben nur einen Tisch im Red Lion Pub.«

»Oh, dann sehe ich dich vielleicht später dort.« Als sie fragend den Kopf schräg legte, fügte Jamie hinzu: »Ich treffe da später ein paar Kumpel.«

»Na gut.« Sie standen jetzt jeder vor seiner Wohnungstür, den Flur zwischen sich. Eloise presste die Post an ihre Brust. »Na, dann wahrscheinlich bis später.«

Ihre Wangen schmerzten vom vielen Lachen. Eloise beugte sich über die Bar und versuchte, die Aufmerksamkeit einer Bedienung auf sich zu ziehen. An ihrem Tisch war schon ewig niemand mehr gewesen, und so hatte sie sich bereit erklärt, neue Drinks zu bestellen.

Sie hatte den Vorschlag absolut nicht in der Hoffnung gemacht, Jamie irgendwo zu sehen. Definitiv nicht. So nötig hatte sie es nicht.

Aber sie grinste, als sie eine Hand zwischen ihren Schultern spürte, sich umdrehte und ihn da stehen sah. »Hey!«

»Selber hey.«

Er verzog die Lippen langsam zu einem Lächeln, sah ihr direkt in die Augen, und Eloise spürte, wie sie dahinschmolz. Oh Gott, wie kitschig. Entzückt betrachtete sie sein braunes Haar, das er heute Abend zu einer Tolle frisiert hatte. Außerdem trug er ein Hemd, dessen oberste Knöpfe offen waren. Er schien sich rasiert zu haben und –

Ihr war wirklich nicht mehr zu helfen.

»Hast du einen schönen Abend?«, fragte sie und hoffte, er hätte nicht bemerkt, wie sie ihn anstarrte.

»Yeah, gar nicht schlecht! Aber anscheinend habe ich die Nachricht wegen der Pullis mit Weihnachtsmotiv übersehen und musste deshalb heute Abend fast alle Drinks ausgeben.«

»Anfängerfehler.«

»Du hast aber auch keinen an.«

War das nur ein Glas zu viel gewesen oder ruhte sein Blick länger als nötig auf ihr, während er ihr glitzerndes schwarz-silbernes Kleid und die dazu passenden silbernen Pumps betrachtete?

»Den hab ich ausgezogen, weil es hier drin so warm ist.«

Er lächelte wieder und biss sich auf die Unterlippe. Oh Gott, musste er das machen? Jetzt starrte sie seine Lippen an. Es kostete Eloise außerordentliche Mühe, den Blick wieder zu seinen Augen zu heben. »Du hast einen Weihnachtspulli über dein Kleid gezogen?«

»Klar.«

»Und –« Jamie streckte die Hand aus und schob ihre Locken nach hinten über die Schulter. Eloise erschauerte, als seine Finger ihren Hals streiften und den Ohrring anhoben. Ein riesiger Adventskranz, total kitschig, mit kleinen silbernen Glöckchen drauf. »Verdammt, der ist ja groß genug, um als Baumschmuck durchzugehen. Bist du dir sicher, dass das keine Christbaumkugeln sind?«

Sie lachte und er ließ den Ohrring los. Seine Hand löste sich nur langsam von ihrem Hals. Oder vielleicht bildete sie sich das nur ein.

Endlich kam ein Barmann herüber und Eloise wandte ihre Aufmerksamkeit ihm zu. Sie fragte, ob er ein paar Getränke an ihren Tisch schicken könnte, und ratterte die Liste herunter, die sie in ihrem Handy gespeichert hatte.

»Und ich dachte, ich könnte dich auf einen Drink einladen«, sagte Jamie. Sie zuckte zusammen, weil sie nicht gemerkt hatte, wie nah er bei ihr stand, und stieß gegen ihn. »Ich weiß ja, es ist Weihnachten und alles, aber *die* Rechnung übernehme ich nicht.«

Eloise lachte wieder und spürte, wie sie schon wieder rot wurde. Oh Gott. So schwummrig war ihr neben einem Mann zuletzt – nein, noch nie gewesen. Nicht mal mit Josh. Bei ihm waren Monate mit gelegentlichen verlegenen Dates vergangen, steife und krampfhaft flirtende Nachrichten hin- und hergegangen und dann hatten sie plötzlich eine Beziehung gehabt.

Und definitiv war ihr bei keinem der beliebigen Tinder-Dates, die sie in letzter Zeit gehabt hatte, so schwummrig gewesen.

»Du wolltest mich auf einen Drink einladen?«

Jamie lächelte sie an. »Tja, das wirst du jetzt wahrscheinlich nie erfahren.«

»Also ...« Sie warf einen Blick in den hinteren Teil des Pubs, wo ihre Weihnachtsfeier stattfand. »Die anderen haben alle Taxis für so in einer halben Stunde bestellt. Wenn du dann noch da bist, kannst du mich auf einen Drink einladen.«

»Oh, das kann ich, ja?« Jemand stieß ihn von hinten an, sodass sie noch enger zusammengedrängt wurden. Ein Schauer überlief Eloise. Sie musste sich zusammenreißen, sonst verwandelte sie sich noch in eine richtige Loserin.

»Weil du so nett gefragt hast.«

»Ach, ich wette, ich weiß schon, worauf du stehst.«

»Ja?«

»Leitungswasser. Mit einer Scheibe Zitrone, wenn du deinen extravaganten Tag hast.«

Sie lachte. »Pass bloß auf, was du sagst. Du kannst hier nicht einfach solche Angebote machen. Schließlich weißt du nicht, ob ich nicht auf der Suche nach irgend so einem reichen Kerl bin, den ich heiraten will, damit er mir meine Kollektion aus Weihnachtsohrringen finanziert.«

»Ich finde«, kichernd streckte er die Hand noch mal nach ihrem Ohrring aus und enttäuschte sie, als seine Finger ihre Haut diesmal nicht berührten, »die sehen *irre* teuer aus. Da muss es schon ein sehr reicher Kerl sein.«

Eloise erwiderte sein Lächeln. Ansonsten war sie zu sehr damit beschäftigt, den Duft seines Aftershaves zu genießen, um sich eine zweideutige Antwort einfallen zu lassen. »Also, ich gehe dann mal besser. Es ist die letzte Runde, bevor alle nach Hause aufbrechen.« Die meisten Lehrerinnen und Lehrer hatten Familie und sie feierten jetzt schon seit vier Stunden zusammen. Jamie sah sie weiter lächelnd an und trat nur ein Stückchen beiseite, sodass sie ihn streifte, als sie sich vorbeischob.

Sie warf einen Blick zu ihm zurück und er schaute ihr immer noch nach. Lächelte dieses kleine Lächeln, mit funkelnden Augen.

Nicht dass ihr das etwas ausmachte. Überhaupt nicht.

Ihr ganzer Körper fühlte sich an wie eine geschüttelte Flasche Champagner.

Mal im Ernst, *wann* war das passiert? Wann hatte sie sich dermaßen und ausgerechnet in Jamie Darcy verknallt?

Sie blieb noch am Tisch, bis die letzten Kollegen sich die Jacken anzogen, um aufzubrechen. Ein paar waren nüchtern geblieben, um zu fahren, aber trotzdem standen jede Menge leerer Weingläser und Bierflaschen herum.

Eloise griff nach ihrem Mantel, Schal, dem Weihnachtspulli und ihrer Tasche. Dann machte sie sich auf den Weg zur Bar. Eigentlich rechnete sie nicht mehr damit, Jamie noch zu treffen – ihre Party hatte doch noch eine ganze Stunde gedauert, bis die Leute wirklich gingen –, aber sie wünschte sich, er wäre da.

Sie wurde nicht enttäuscht.

Er saß mit seinem Handy an der Bar und hatte ein fast leeres Bierglas vor sich.

Sie sollte einfach verschwinden. Jemand bitten, sie mitzunehmen. Oder draußen warten und sich ein Taxi bestellen. Er hatte sie noch nicht bemerkt, also konnte sie einfach gehen.

So hatte sie schon ewig nicht mehr – nein, überhaupt noch nie für jemand empfunden. Und das machte ihr Angst. Und vielleicht mochte er sie gar nicht so sehr. Vielleicht lag es nur daran, dass sie eben gerade hier war und er irgendwas Unverbindliches und ein bisschen Spaß wollte.

Das wäre ja auch in Ordnung, aber – wenn es irgendwas zu sagen hatte, wie ihr Herz raste, dann mochte sie ihn jetzt schon ein bisschen zu sehr, um nur einen kleinen Flirt und sonst nichts zu wollen.

Sie konnte einfach gehen. Sie sollte einfach gehen.

Doch ihre Hand streckte sich nach der Bar aus, ihre Füße bewegten sich und schon saß sie auf dem Barhocker neben ihm. »Was ist denn aus all deinen Freunden geworden?«

»Sind schon nach Hause gegangen.«

Sie starrte ihn an. »Du hast auf mich gewartet?«

»Vielleicht.« Er wurde rot und grinste.

Er flirtete eindeutig. War eindeutig interessiert. Die einzige Frage lautete, *wie* interessiert?

»Also, was trinkst du?«

»Überrasch mich.«

Sie bestellten jeder nur einen Drink – Gin mit Limonade für Eloise, Cider für Jamie –, aber bis der Pub zumachte, plauderten sie ohne Pause und flirteten offensichtlich. Und das Flirten funktionierte gut, meistens, soweit sie das beurteilen konnte. Die einzige Ausnahme war, als er Eloise so zum Lachen brachte, dass sie in ihren Drink prustete und sich verschluckte.

Ihre Körper lehnten sich zueinander. Die Knie berührten sich und er hatte eine Hand auf ihren Oberschenkel gelegt. Sie fühlte sich warm an. Vielleicht ein bisschen verschwitzt, doch das störte sie nicht. Sie war auch ein bisschen verschwitzt.

Als sie gehen mussten, weil geschlossen wurde, war Eloise ein bisschen beschwipst. Aber nicht so sehr, dass sie die Kälte nicht gespürt hätte. Jamie rief ein Taxi und erfuhr, dass es zehn Minuten dauern würde. *Zehn Minuten zu lang,* dachte sie. Ihre Zähne klapperten, und sie drückte Jamie ihren Mantel in die Hand, um in den Weihnachtspullover zu schlüpfen. Sie hatte ihn erst halb an, als er eine Hand an ihre Hüften legte, sodass sie meinte, die Wärme seines Körpers zu spüren.

»Soll ich das als ein schlechtes Zeichen interpretieren, dass du dir mehr anziehst?«

»Sei kein Arsch«, sagte sie, während sie mit den Armen in die Ärmel fuhr. Nachdem sie den Kopf durch den Ausschnitt geschoben hatte, standen ihre Locken elektrisch aufgeladen vom Kopf ab. Sie nahm ihm den Mantel wieder ab, schlüpfte hinein und zog den Reißverschluss bis ganz nach oben.

Jamie lachte, und sie merkte, dass er das nicht ernst gemeint hatte. Irgendwie hätte sie sich das gewünscht.

»Dafür musst du mich vorher mindestens geküsst haben«, sagte sie. »Aber Pech für dich, dass ich keinen Mistelzweig habe.«

Jamie holte sein Handy hervor. Das war's dann wohl.

Kein Wunder. Vielleicht hätte sie ihn ja einfach küssen sollen.

Er drehte das Display erst zu ihr, dann über ihre Köpfe. Das Foto eines Mistelzweigs war darauf zu sehen. Eloise kicherte. »Das sollte reichen.«

Eloise hob den Kopf und kam ihm bis zur Hälfte entgegen. Als er seine weichen Lippen auf ihre presste, seine Hände sich um ihre Taille legten und ihre Haut durch drei Schichten hindurch zu brennen schien, fühlte es sich an, als würde ihr ganzer Körper dahinschmelzen.

Er löste sich zu schnell von ihr, sodass Eloise noch auf Zehenspitzen stand. Mit geschlossenen Augen und gespitzten Lippen glaubte sie fast, davonzuschweben.

Ein Auto hupte.

Ihr Taxi war da.

Noch zehn Tage bis Weihnachten

Kapitel 7

Völlig ungläubig las Cara die Nachricht.

Okay, JA, wir hatten Sex, und JA, es war groooooß-artig, aber das will gar nichts heißen.

No way. Sie hatte zwar die entsprechende Frage gestellt, nachdem Eloise ihr ellenlange Beschreibungen ihrer unerwarteten Date-Night nach ihrer Weihnachtsparty geschickt hatte (die viel nüchterner und weniger erniedrigend verlaufen war als die von Cara, und Eloise war so nett, ihr das nicht auch noch unter die Nase zu reiben) – aber mit dieser Antwort hatte Cara nun wirklich nicht gerechnet.

DAS IST JETZT NICHT WAHR. OH MEIN GOTT! Doch nicht mit Mr Arsey persönlich?! … und soll es nichts heißen, weil DU nicht willst oder weil er nicht will?

Ääh. Nächste Frage, bitte.

Du solltest ihn einfach fragen.

Mach ich, wenn du George nach Lina fragst.

Unbeeindruckt schickte Cara ein paar Emojis zurück und Eloise antwortete nicht mehr.

Sie hatten immer noch nicht über Weihnachten gesprochen. Cara schob das Thema so lange hinaus, wie sie konnte. Eloise sollte sich endlich wie eine Erwachsene benehmen. Nur weil Feiertage anstanden, hieß das nicht, dass man auf einmal keine Verpflichtungen mehr hatte oder nichts mehr erledigen musste. Schließlich hatte nicht jeder ein paar Wochen Weihnachtsferien.

Außerdem tat Eloise manchmal auf unerträgliche Weise so, als bräuchte Cara ihre Hilfe. Doch sie kam ganz gut allein zurecht, vielen Dank.

Auch wenn sie immer noch nicht wusste, was sie wegen George unternehmen sollte.

Sie hatten sich geschrieben, und als Cara fragte, was er gerade tat, antwortete er bloß: fernsehen. Nicht mal »mit einem Freund«. Er behauptete noch nicht mal, irgendwo unterwegs zu sein. Bedeutete das, dass Lina, wer auch immer sie war, bei George zu Hause war?

Cara konnte ihn ja schlecht fragen. Nachdem sie vorgegeben hatte zu schlafen, als er den Anruf annahm, und er gestern Morgen nichts erwähnt hatte, wäre es doch seltsam, wenn sie ihn jetzt fragen würde. Und wenn sie scheinbar aus heiterem Himmel wissen wollte, ob er auch mit einer anderen zusammen war, würde sie nur verrückt rüberkommen.

Es war ja nicht so, als hätte sie sich das *ganze* Wochenende damit rumgequält … längst nicht so wie damit, wie fürchterlich sie sich am Freitagabend bei der Weihnachtsfeier benommen hatte.

Die Sache mit George war von beiden die viel weniger komplizierte. Sie mochte George, sehr sogar – aber wenn sie ihn jetzt verlor, war das wirklich so schlimm? Na gut, vielleicht würde es ihr ein bisschen das Herz brechen, und sie würde ihn vermissen, und ihre Mum wäre enttäuscht, wo sie doch so viel Gutes über ihn gesagt hatte. Aber ganz ehrlich? Er war bloß ein Typ. Da draußen gab es noch andere Typen.

Ihr Job dagegen, das war etwas ganz anderes. Sie konnte sich auf keinen Fall leisten, ihn zu verlieren.

Um nicht komplett in der dunklen Abwärtsspirale des schrecklichen Wochenendes zu versinken, hievte sich Cara aus dem Bett. Es war schon nach zehn. Sie hatte den ganzen Samstag damit verbracht, Trübsal zu blasen. Zeit, sich zusammenzureißen.

Gegen Mittag hatte sie ihren Teil der Haushaltspflichten erledigt und ihr Zimmer aufgeräumt, die Wäsche gemacht und die Haare gewaschen und geföhnt. Sie rief ihre Eltern an und tat so, als wäre sie auf der Party nicht völlig betrunken gewesen, und lief in der Küche herum, während sie telefonierte.

»Habt ihr schon entschieden, was ihr an Weihnachten macht, du und Eloise? Kommt ihr nach Hause oder feiert ihr bei einer von euch? Es wäre sinnvoller, wenn du zu Eloise fährst, weißt du. Die Kocherei ist einfacher, wenn man sich nicht um andere Leute in der Wohnung kümmern muss. Ihr könnt euch ein schönes kleines Essen machen, es muss ja kein ganzer Truthahn sein. Oder wollt ihr den Braten ganz weglassen? Soll ich noch ein paar andere weihnachtliche Rezepte für euch heraussuchen? Ich schicke dir Links auf Pinterest. Eloise weiß ja, wie beschäftigt du mit deiner Arbeit bist. Ich bin sicher, sie kann etwas Gutes für euch beide zaubern.«

»Schon okay, Mum. Wir lassen uns was einfallen«, sagte Cara schnell, denn sie wusste, dass ihr ihre Mum sonst innerhalb der nächsten Stunde zwanzig besonders »einmalige« Alternativvorschläge für das Weihnachtsessen schicken würde. »Und nein, wir haben uns noch nicht entschieden.«

»Tja, dann müsst ihr euch aber beeilen. Die Zugfahrkarten werden immer teurer und die Züge sind bald ausgebucht. Oh, vielleicht solltest du diesen George bitten, Weihnachten mit dir zu verbringen, wenn er auch allein ist. Das wäre vielleicht ganz nett.«

»Ja, vielleicht … Aber vielleicht hat er schon was vor. Mal sehen. Ich muss jetzt los, Mum. Ich ruf dich im Laufe der Woche noch mal an.«

»In Ordnung, Liebes, tschüss.«

Weihnachten mit George? Vor zwei Tagen hätte sie noch davon geträumt. Mittlerweile jedoch nicht mehr so sehr.

Als Cara zurück in ihr Zimmer kam, riss sie die Fenster auf, denn dort roch es immer noch so nach Alkohol, dass sie fast würgen musste. Später würde sie das bereuen, wenn ihr Zimmer eiskalt war, aber wenigstens würde es dann nicht mehr stinken. Sie würde einfach ein paar weitere Decken fürs Bett holen.

Aus Angst, dass sich ihre nicht-wirklich-gute-aber-immerhin-etwas-bessere Laune wieder verabschiedete, wenn sie in ihrem Zimmer blieb, beschloss Cara, aus dem Haus zu gehen – raus in den Weihnachtstrubel.

Außer ihr war fast niemand im Haus, aber sie klopfte an die Zimmer ihrer Mitbewohner, um zu sehen, ob jemand Lust hatte, mit in die Oxford Street oder vielleicht nach Camden oder Covent Garden zu kommen. Schließlich verließ sie das Haus allein.

Cara schlenderte eine Stunde lang durch die Oxford Street, schlängelte sich um die Ladentheken von Selfridges, ging kurz in das eine oder andere Geschäft und wieder hinaus. Sie kaufte allerdings nichts.

Warum sollte sie auch? Sie hatte schon alle Geschenke besorgt. Sie hatte ihren Eltern ein paar Euro für den Urlaub liefern lassen, dazu die üblichen Verdächtigen wie eine Flasche Baileys und ein Schal- und Handschuhset von Next für ihre Mum sowie den Marks-&-Spencer's-Portwein, den ihr Vater so gern mochte, und Gutscheine von Amazon. Ja, Eloise hätte das alles selbst hübsch verpackt und mit kleinen Extras versehen in einem schönen Korb verschenkt.

Cara aber hatte die Zähne zusammengebissen und die zusätzlichen Kosten für die Verpackung online bezahlt. Was für eine Verschwendung. Schließlich war es ja nicht so, dass ihre Eltern die flaschenförmigen

Pakete sehen und dann denken würden: Oh, schau an, Cara hat uns dieses Jahr Bücher geschenkt!

Eloises Geschenke warteten bei Cara daheim. Ein weihnachtlicher Anhänger von Pandora für das Armband, das sie gern trug, etwas von Hotel Chocolat und ein Produkt von Bumble and Bumble, das sie regelmäßig benutzte. Nicht viel, aber alles Dinge, von denen Cara wusste, dass ihre Schwester sie mochte, und nichts davon war wirklich günstig gewesen.

Da Cara also keine Einkäufe machen und so kurz vor Weihnachten nichts für sich selbst kaufen wollte, war die Oxford Street nach einer Stunde einfach nur noch schrecklich. Die Weihnachtsbeleuchtung strahlte und der Himmel war dunkel und wolkenverhangen, aber es fühlte sich nicht schön und weihnachtlich an.

Sondern einfach nur laut. Ständig stießen mit Tüten beladene Leute mit ihr zusammen. Aus den offenen Ladentüren dröhnten Weihnachtslieder, die sich zu einer einzigen Jingle-Bells-Kakofonie vermischten.

Hier konnte sie nicht bleiben.

Das Ganze war unerträglich.

Aber sie konnte auch nicht nach Hause.

Und sie konnte nicht fragen, ob George Zeit hatte. Seit Stunden hatte er nicht auf ihre Nachricht geantwortet. Er hatte nicht mal den Facebook-Post gelikt, in dem sie ihn vor einer Weile markiert hatte, obwohl sie sah, dass er aktiv war.

Nicht dass sie ihm hinterherschnüffelte. Aber sie hatte es eben bemerkt.

Was, wenn er mit Lina zusammen war? Diese Gedankenspirale wieder. Nicht so schlimm wie die Sorgen um ihren Job, aber immer noch schlimm genug, um sich mies zu fühlen.

Und oh Gott, sie rief ihn an. Warum? Warum dachte sie überhaupt …

»Hallo, Cara.« Er klang absolut normal. Er freute sich, von ihr zu hören. Sie kannte ihn gut genug, um zu ahnen, dass er lächelte.

»Ähm, hi. Ich war gerade … Ich bin gerade unterwegs shoppen. Und ich habe mich gefragt, ob du in der Nähe bist ...? Vielleicht wollen wir was zusammen essen? Oder ich könnte kurz zu dir kommen, wenn du Zeit hast?«

In einer der wenigen Nachrichten, die sie heute von ihm erhalten hatte, hatte er am Morgen auf die Frage, was er den Tag über vorhatte, geantwortet:

Absolut nichts. Und du?

Doch nun seufzte er tief. Sagte: »Oh, nein, tut mir leid, Darling.« Es hatte ihr eigentlich immer gefallen, dass er sie Darling nannte. Irgendwie altmodisch. Und viel süßer als Babe. Jetzt ging es ihr aber auf die Nerven. Denn es klang gekünstelt. »Ich habe gerade ziemlich viel zu tun. Ich muss, äh, ich … muss arbeiten. Wir nehmen diese Woche ein paar neue Kunden unter Vertrag und die Deadline ist ein paar Tage nach vorne gerutscht. Alle müssen ran. Ist gerade wirklich kein guter Zeitpunkt.«

Lügner. Er war ein schlechter Lügner. Sie war sehr versucht, ihn darauf anzusprechen.

»Oh. Klar, ja, sicher. Kein Problem.«

»Tut mir leid. Vielleicht irgendwann unter der Woche?«

Bildete sie sich das nur ein oder klang das wie die größte Abfuhr der Welt? Im Stil von: »Oh ja, wir müssen bald mal was trinken gehen und uns wiedersehen!«, was man nicht wirklich so meint, aber meint, sagen zu müssen.

Cara ging auf Nummer sicher. »Ich werde wohl ziemlich beschäftigt sein im Büro.« Falls sie überhaupt noch einen Job hatte ... »Du weißt ja, wie das ist. Alle müssen ran.«

George schwieg kurz. »Na gut, sag mir Bescheid. Ich schreib dir später noch. Viel Spaß beim Shoppen.«

Daraufhin legte er schnell auf, aber vorher glaubte Cara eine Stimme im Hintergrund gehört zu haben. Die Vernunft sagte ihr, das war Musik, jemand aus seiner WG oder eine Fernsehsendung. Aber ihr Herz pochte wild und schien sie anzuschreien: *Glaub nur ja kein verdammtes Wort davon, Cara, er ist mit ihr zusammen, dieser Lina, wer immer sie ist.*

Vielleicht stimmte das. Hatten sie je darüber gesprochen, dass das zwischen ihnen exklusiv war? Eigentlich war sie sich sicher, dass sie darüber geredet hatten, aber vielleicht auch nicht. Vielleicht hatte sie das nur angenommen und irgendwie geschlussfolgert.

Vielleicht hatte überhaupt nur sie angefangen, sich

in ihn zu verlieben, und war eine preisverdächtige Idiotin.

Verächtlich schnaubte sie über sich selbst und widmete dann ihre Aufmerksamkeit zwei Leuten, die in der Nähe standen. *Angefangen, sich in ihn zu verlieben.* Ja, richtig. Gleich zu Beginn hatte sie geahnt, dass er die Art von Kerl war, in den sie sich verlieben konnte, und ihre ersten paar Dates hatten das nur noch bewiesen. In den letzten Wochen, als sie sich mehr und mehr gesehen hatten, wurde ihr klar, dass es bereits zu spät war. Vermutlich zu schnell, aber trotzdem zu spät. Er war alles, was sie sich erträumen konnte.

Bis auf die ziemlich sichere Tatsache, dass er sie das ganze Wochenende über belogen hatte.

Das Schlimmste daran: Es war total unlogisch. Nach der Weihnachtsparty hatte er sich als ihr Ritter ohne Furcht und Tadel gezeigt. Anfang der vergangenen Woche hatte er noch davon geredet, dass sie im neuen Jahr seine Eltern kennenlernen sollte. Das schlug man doch nicht vor, wenn man jemanden betrog, oder? Oder jemandem, mit dem man eigentlich gar nicht zusammen sein wollte?

Andererseits – was wusste sie schon? Caras längste Beziehung hatte ein halbes Jahr gehalten, mit einem Jungen aus der Oberstufe. Im ersten Jahr an der Uni hatte sie ein paar Dates gehabt und war im zweiten Jahr vier oder fünf Monate mit jemandem aus einem ihrer Kurse zusammen gewesen, aber die ganze Romantiknummer hatte sich einfach nicht ergeben. Nicht so wie bei Eloise mit Josh. Nicht so wie jetzt mit George.

Nein, sie hatte die Beziehungen und Romantik nicht geopfert, um ihren Abschluss zu schaffen und dann ihren Job – sie war sogar mehr als offen dafür gewesen. Es war nur schlicht nicht dazu gekommen. Was in Ordnung war und sie nie zuvor gestört hatte. Trotzdem bedeutete es, dass es ihr an Erfahrung mangelte, wenn es um Beziehungsprobleme ging.

Was zum Beispiel ist zu tun, wenn man glaubt, dass der Freund einen anlügt?

(Google war nicht sehr hilfreich, als sie die Frage stellte.)

Cara fand sich in einem Buchladen wieder. In der Nähe des Eingangs gab es einen Drei-zum-Preis-von-zwei-Aktionsstand mit Weihnachtsbüchern. Klassiker wie Charles Dickens, die neuesten Kochbücher für die Feiertage, ein paar Kinderbücher und ein Regalbrett mit pastellfarbenen Titeln in schnörkeliger Schreibschrift, die förmlich *Romantik!* schrien.

Ausgerechnet an diesem Wochenende sollte ihr Romantik so ziemlich als Letztes in den Sinn kommen, aber ihre Hände griffen bereits nach den Büchern, um die Klappentexte zu lesen.

Denn möglicherweise war ein bisschen Romantik *genau* das, was sie jetzt brauchte, entschied sie.

George war kein schlechter Kerl. Was für ein Typ wäre denn sonst gekommen, um sie von ihrer Weihnachtsfeier nach Hause zu bringen, und wäre aufgeblieben, um dafür zu sorgen, dass es ihr gut ging? Nur ein guter Kerl, antwortete sie sich selbst. Einer wie George.

Nur weil Eloises Freund alle entsetzt hatte, weil er mit einem x-beliebigen Mädchen von der Uni geflüchtet und quer durch Europa gereist war, und das zu einem Zeitpunkt, als alle erwartet hatten, dass er Eloise einen Heiratsantrag machen würde, hieß das schließlich nicht, dass George auch ein verlogener, betrügerischer Drecksack war.

Cara war bereit, ihm einen Vertrauensvorschuss zu geben. So würde sie es machen.

Vielleicht lag es an der Ruhe in der Buchhandlung oder an den positiven und leicht kitschigen Beschreibungen der Handlungen auf den Rücken der Liebesromane oder daran, dass sie in den vergangenen zwei Jahren nichts gelesen hatte, was länger war als die paar tausend Wörter eines Online-Artikels, aber Cara wusste auf einmal genau, wie sie ihren Nachmittag verbringen wollte. Sie schnappte sich wahllos drei der Bücher und machte sich auf den Weg zur Kasse. Bei der Vorstellung, die nächsten paar Stunden mit einem der Romane irgendwo in einem abgelegenen Café zu verbringen und sich später im Bett einzukuscheln, um das Buch zu Ende zu lesen, lächelte sie.

Noch zehn Tage bis Weihnachten

Kapitel 8

Eloise senkte den Kopf und ließ das heiße Wasser lange auf ihren Nacken prasseln, bevor sie nach dem Shampoo griff. Während sie ihre Haare einschäumte, verzog sie kurz das Gesicht.

Verdammt noch mal. Was hatte sie getan? Letzte Nacht mit ihm zu schlafen? War sie total durchgeknallt? Cara schien das zu denken. Eloise ging den Abend noch mal in Gedanken durch, als ob sie den genauen Augenblick benennen könnte, ab dem sie die Kontrolle verloren hatte.

Doch stattdessen fing sie an zu lächeln und fühlte sich innerlich ganz warm, was nichts mit der Dusche zu tun hatte. Als ihr klar wurde, dass sie wahrscheinlich schon dümmlich grinste, biss sie sich auf die Lippen.

Was sie Cara gegenüber nicht erwähnt hatte, war, dass sie sich davongeschlichen hatte, bevor er aufwachte.

Aus ihrem dämlichen Grinsen wurde eine Grimasse. Stöhnend schlug sie die Hände vors Gesicht.

Beim Nachhausekommen gestern Abend waren sie in seine Wohnung gegangen. Eloise war geradezu geschockt gewesen, als sie dort einen kleinen Weihnachtsbaum entdeckte. Aber dann waren sie zu beschäftigt damit gewesen, zu knutschen und sich gegenseitig die Kleider vom Leib zu zerren. Sie hatten beide lachen müssen, als ihr Weihnachtspulli an ihrem Kopf hängen blieb und sich dann auch noch in den Weihnachtsohrringen verhedderte. Heute Morgen war sie als Erste aufgewacht, hatte ein paar Minuten gewartet und dann ihre Sachen geschnappt, sich den Anorak angezogen und war schließlich so gut wie nackt über den Flur in ihre eigene Wohnung geflitzt.

Dort hatte sie ihrer Schwester geschrieben und sich anschließend unter die Dusche gestellt.

Die Vorstellung, ihn zu wecken, und die »Was jetzt?«-Frage, die ihr im Kopf rumging, hatten ihr zu viel Angst gemacht, um einfach dazubleiben.

Das hier sah ihr gar nicht ähnlich. Sie schlief sonst nicht einfach mit irgendwelchen Typen.

Also, jedenfalls nicht so. Es hatte seit Josh einen oder zwei One-Night-Stands gegeben, aber das war etwas anderes gewesen. Diese Jungs hatte sie kaum gekannt und dabei wollte sie es auch belassen.

Aber Jamie *mochte* sie.

Wie das verliebte Gefühl ja bewies, das sie in letzter Zeit in seiner Gegenwart überfiel.

Sie kam sich zu dumm vor, um irgendeiner ihrer Freundinnen zu schreiben und sie um Rat zu fragen. Denn wie würde das denn klingen? *Ich glaube, ich mag diesen Typ wirklich, und wir haben miteinander geschlafen und ich bin abgehauen, bevor er aufgewacht ist.*

Das klang doch wirklich nach der dümmsten Idiotin mit nichts als Blödsinn im Kopf.

Eloise war kaum aus der Dusche, jeweils ein Handtuch um Haare und Körper gewickelt, als es an ihrer Wohnungstür klopfte.

Dreimal darfst du raten, wer das ist, dachte sie bei sich und schlüpfte in ihre Hausschuhe, bevor sie aus dem Bad in den Flur schlappte. Sie hatte aus purer Gewohnheit die Kette vorgelegt und machte jetzt damit auf – ganze fünf Zentimeter weit. Das reichte, um durch den Spalt zu lugen.

Oh Gott, wie schaffte er es bloß, schläfrig und zerzaust sogar noch besser auszusehen? Er trug die Boxershorts, die er gestern Abend angehabt hatte, und einen Hoodie, in dessen Taschen er die Hände vergraben hatte. Sein braunes Haar stand in alle Richtungen. Dabei sah es so weich aus, dass sie am liebsten mit den Fingern durchgefahren wäre. Und dann hatte er auch noch seine Brille auf. Sie hatte kurz vergessen, wie gut die ihm stand – und wie viel hotter er damit wirkte.

Er zog eine Augenbraue hoch und sah sie zurückhaltend an. »Ähm, wow, ich nehme das als echt schlechtes Zeichen, dass du mir nicht mal die Tür richtig aufmachst. Falls ich dich verärgert habe oder sonst irgendwas …«

»Hast du nicht«, räumte sie ein und machte die Tür noch mal zu. Nachdem sie die Kette ausgehängt hatte, öffnete sie wieder. Diesmal deutlich weiter. Allerdings blieb sie halb hinter der Tür stehen und presste das Handtuch fest an sich. Sie merkte, dass sein Blick ein Stück an ihr herabwanderte, aber dann konzentrierte er sich wieder auf ihr Gesicht.

»Bist du sicher? Denn du bist auch irgendwann verschwunden, ohne mir Bescheid zu sagen. Und jetzt kannst du mich nicht mal ansehen.«

Er klang nicht sauer, nur verwirrt. Irgendwie gekränkt. Ein wenig besorgt. Eloises Blick wanderte zu seinem hinauf, und erst da merkte sie, dass er recht hatte. Sie war ihm bisher ausgewichen.

Wenn auch nicht aus dem Grund, den er vermutete.

Sondern weil er so verdammt süß aussah, dass ihr Herz in ganz seltsamen Rhythmen schlug.

»Ja, da bin ich mir sicher. Es hat überhaupt nichts damit zu tun, was du gemacht hast. Ich … ich dachte nur, ich sollte mal wieder nach Hause.«

Jamie sah ihr eine gefühlte Ewigkeit lang ins Gesicht. Sie trat von einem Fuß auf den anderen und wusste nicht, wie sie es erklären sollte. Schließlich senkte er den Blick und schaukelte auf seinen Fersen vor und zurück.

»Dann war das also eine einmalige Sache.« Er sagte das ganz sachlich und sah ihr erneut ins Gesicht.

»Äh. Ich meine, ich … denke schon?« Wie zur Hölle gingen andere Leute mit so was um? Alles, was sie im Internet gelesen oder von Freundinnen gehört hatte, war gelogen. Gelegenheitssex machte alles so viel komplizierter. »Wenn du das so willst.«

»Was willst du denn?«

»Knifflige Frage. Wovon reden wir hier? Im ganzen Leben? Innerhalb der nächsten fünf Jahre? Sofort?«

Er lachte nicht, wie sie gehofft hatte, denn wenn er lachte, wäre wenigstens alles okay, und sie könnte so tun, als hätte sie nicht schon verbockt, was auch immer aus dieser Sache hätte werden können.

Eine Etage höher öffnete sich eine Wohnungstür. Ein Anflug von Panik huschte über Jamies Gesicht. »Würde es dir was ausmachen, wenn wir diese Unterhaltung drinnen fortsetzen?«

Die Schritte von jemand, der aus Wohnung Nummer sechs kam, waren schon auf der Treppe zu hören. Eloise nickte und ließ ihn herein. Die Vorstellung, dass ein Nachbar (also, *noch* ein Nachbar) sie in ihr Handtuch gewickelt sah, erschreckte sie mehr als die Aussicht darauf, diese peinliche Unterhaltung fortzusetzen.

Zumindest kam ihr dieser Gedanke, nachdem sie die Tür hinter ihm zugemacht hatte.

»Kannst du mir zwei Sekunden geben? Ich zieh mir nur schnell was an.«

Er nickte. »Ich könnte eine Tasse Tee machen?«

»Äh, okay. Ja, bitte.« Was sollte sie sonst dazu sagen? Abgesehen davon – eine Tasse Tee würde definitiv nicht schaden. Sie hatte noch keinen getrunken, seit sie aufgewacht war.

Tee konnte alles in Ordnung bringen. Mit etwas Glück sogar diese Situation.

Eloise zog sich hektisch an. Sie schlüpfte einfach in

die Leggings, die über dem Stuhl hingen und schnappte sich irgendein frisches T-Shirt, bevor ihr einfiel, dass sie wahrscheinlich einen BH drunterziehen sollte. Erst da merkte sie, dass sie den von gestern bei Jamie vergessen hatte.

Den musste sie zurückbekommen. Es war ihr bester. Und er war verdammt teuer gewesen.

Sie traf ihn in der Küche an. Ihre feuchten Haare hatten das T-Shirt und die Strickjacke hinten schon durchnässt. Make-up trug sie auch keins. Aber kein Make-up war immer noch besser als verschmierte Foundation und Augen wie ein Pandabär.

Er reichte ihr einen Becher. »Ich weiß nicht wirklich, wie so was funktioniert«, sagte er.

»Wie was funktioniert?«

»Na das. Gelegenheitssex. One-Night-Stands.«

»Oh. Ich auch nicht. Also jedenfalls nicht so.« Dann platzte es aus ihr heraus: »Ich hatte bisher erst eine richtige Beziehung, und mehr oder weniger jedes Date, das ich seither hatte, war eine totale Katastrophe.«

»Autsch. Totale Katastrophe. Echt?«

»Würdest du gestern Abend als Date bezeichnen?«

»Ein bisschen schon.« Er warf ihr ein ironisches Lächeln zu und Eloise entspannte sich sofort. Wie konnte es sein, dass so ein Lächeln mehr bewirkte als die heiße Dusche vorhin? Wieder ernster und ohne Lächeln legte Jamie beide Hände fester um seine Tasse und fragte: »Warum bist du dann heute Morgen weggelaufen?«

Weil ich denke, dass ich dich echt mag, und mir nicht das Herz brechen lassen wollte.

»Ich musste einfach total dringend pupsen.«

Jamie prustete vor Lachen. Mit Fältchen um die Augen und weit offenem Mund. Sie lachte mit.

Immerhin hatte er den gleichen Humor wie sie.

»Tut mir leid. War das mies von mir? Mich hat einfach irgendwie die Panik gepackt. Was nichts mit dem Abend zu tun hat – oder dem Date, denke ich –, überhaupt nichts. Ich wusste nur einfach nicht, was ich machen sollte. Ich dachte, es würde auf eine peinliche Unterhaltung rauslaufen, wenn wir beide wach wären und ...«

»Und denkst du, in Boxershorts an deine Tür zu klopfen, das war für mich nicht peinlich?«

»Na gut, da hast du recht.« Eloise lehnte sich an die Küchentheke, betrachtete ihn jetzt von der Seite und nippte an ihrem Tee. »Also mal rein hypothetisch: Wenn ich heute Morgen nicht abgehauen wäre, wie wäre das dann abgelaufen?«

»Also.« Jamie stellte seinen Teebecher ab und kam näher. Er brauchte nur zwei Schritte, bis er direkt vor ihr stand. Vorsichtig nahm er ihr den Becher aus den Händen und stellte ihn ebenfalls weg. Jede seiner Bewegungen schien quälend langsam zu erfolgen. Eloise merkte, dass sie den Atem anhielt. Als sie bewusst ausatmete, klang das laut, schwer und gepresst zugleich.

Jamie legte die Hände an ihre Wangen. »Es hätte vielleicht so begonnen.«

Er küsste sie. Langsam, behutsam. Seine Brille drückte ein bisschen gegen ihr Gesicht. Seine Lippen lagen ganz leicht auf ihren, und als er sich wieder von ihr löste, streifte er noch kaum spürbar ihre Wange. »Rein hypothetisch.«

Eloise spürte, wie ihre Wangen heiß wurden. Sie war ganz knapp davor, ihn in ihr Schlafzimmer zu zerren. Im Moment fiel es ihr schwer, sich zu erinnern, warum das eine so schlechte Idee wäre.

»In dem Fall wünschte ich fast, ich wäre geblieben«, murmelte sie.

Grinsend wich er ein paar Schritte zurück, um wieder nach seinem Tee zu greifen. Er sah sie über den Becher hinweg an, während er trank. Das funktionierte nur nicht besonders, weil seine Brillengläser gleich beschlugen. Sie musste darüber kichern. Irgendwie konnte sie nicht glauben, dass sie ihn nur das eine Mal mit Brille gesehen hatte. Damals, als er sich ausgesperrt hatte.

»Wie kommt es, dass du nie deine Brille aufhast? Brauchst du sie nicht so dringend?«

»Oh doch, ich sehe total schlecht. Aber sonst trage ich Kontaktlinsen.«

»Weil das einfacher ist?«, vermutete sie.

»Ja, das auch, aber ich finde einfach, Brille steht mir nicht. Du solltest mal meine Fotos aus der Schulzeit sehen. Ich hatte so altmodische Drahtgestelle und ungefähr zwei Jahre lang eine Zahnspange. Meine Mum hat die Fotos noch zu Hause rumhängen. Ich bettle dauernd, dass sie sie abnimmt, aber sie weigert sich.«

»Meine Mum hat auch noch unsere Babyfotos hängen. Ein Fach im Regal ist wie ein Schrein für uns.«

Jamie lachte.

»Ich glaube übrigens, du irrst dich. Wenn du glaubst, eine Brille würde dir nicht stehen. Ich finde, du siehst damit sogar besser aus. Also, nicht dass du ohne nicht auch gut aussiehst, aber –«

»Versuchst du mit mir zu flirten, Eloise?«

»Oh mein Gott, ich hoffe nicht. Wenn das schon Flirten ist …« Sie blies die Backen auf und schüttelte theatralisch den Kopf.

Der Becher klirrte leise, als er ihn wieder abstellte. Diesmal leer. »Hast du für heute schon irgendwelche Pläne?«

»Äh, ich … glaube nicht.« Ursprünglich hatte sie vorgehabt, sich ein halbes Dutzend Weihnachtsfilme anzusehen (inklusive der ganzen *Santa Clause*-Trilogie) und Geschenke einzupacken. Die Geschenke für ihre Eltern würde sie ihnen in der nächsten Woche vorbeibringen, bevor sie in den Urlaub flogen.

Jetzt, wo er es erwähnte, hoffte sie irgendwie, dass ihre Pläne für den heutigen Tag auch sie beide, ihr Bett und keine Klamotten einschließen würden.

»Ich muss noch ein paar letzte Besorgungen machen. Hättest du Lust, mitzukommen? Wir könnten irgendwo einen Kaffee trinken oder so. Oder Mittag essen, wenn du möchtest. Fühl dich aber nicht verpflichtet. Ich bin nicht gekränkt oder so, falls du –«

Eloise lächelte. Nein, sie strahlte richtig. »Liebend gern.«

Noch neun Tage bis Weihnachten

Kapitel 9

Bis auf Marcus war niemand im Büro, als sie um drei Minuten nach sieben eintraf. In seinem Büro brannte Licht. Und es war dermaßen still, dass sie hören konnte, wie er auf seiner Tastatur tippte und leise mit sich selbst sprach.

Cara stellte ihre Tasche neben ihrem Schreibtisch ab. Der Laptop und ihre restlichen Sachen lagen noch genau dort, wo sie sie am Freitag zurückgelassen hatte, bevor sie und Jen zur Party aufgebrochen waren.

Sie schaffte das. Sie war eine starke, unabhängige Frau (auch wenn sie ihr halbes Wochenende damit verbracht hatte, über das seltsame Telefonat mit George nachzudenken) und sie kriegte das hier schon hin. Sie würde ihren Fehler eingestehen.

Sie nahm den zweiten Kaffeebecher aus dem Pappträger und ging dann hinüber zu Marcus' Büro, klopfte an die Tür und öffnete sie langsam, nachdem er »Herein« gerufen hatte. Cara versuchte zu ignorieren, wie mies sie sich fühlte. Ihr Herz klopfte so schnell, dass sie fast befürchtete, jeden Moment einen Herzstillstand zu erleiden oder sonst irgendwie umzukippen.

»Äh, hi, ich bin's nur. Ich störe doch nicht, oder?«

»Cara! Nein, natürlich nicht. Komm doch rein. Du bist ja früh dran. Na ja – noch früher als sonst.« Er schenkte ihr ein Lächeln, drückte sich vom Schreibtisch ab und deutete auf die Sessel vor seinem Schreibtisch. Sie zögerte kurz, trat aber näher. »Ich habe dir auf dem Weg hierher einen Kaffee geholt. Einen Salted Caramel Latte.«

»Oh, du bist ein Engel.« Grinsend stand er auf, um nach dem Kaffee zu greifen. »Das ist doch nicht etwa ein Bestechungskaffee, oder? Für Daves Job?«

»Eher ein Entschuldigungskaffee.« Cara setzte sich, um ihre verschwitzten, zitternden Hände zwischen die Knie klemmen zu können.

Mit Marcus zusammenzuarbeiten, war leicht und einfach genial, weil er so offen und ehrlich und freundlich war und nicht um den heißen Brei herumredete, wenn es irgendwelche schlechten Nachrichten gab. Selbst wenn es nur darum ging, dass die Milch aus war und wer neue holen sollte. Wenn er vorhatte, Cara zu feuern oder herunterzustufen, hätte er doch sicher nicht so locker gescherzt.

Doch solange sie nicht mit ihm gesprochen hatte, würde dieser nagende Zweifel sie innerlich auffressen. Marcus öffnete den Mund, aber Cara platzte mit ihrer kleinen Rede heraus, bevor er auch nur zu Wort kam.

»Es tut mir so leid, wie ich mich auf der Party am Freitag benommen habe. Das war mehr als unprofessionell, und du ahnst nicht, wie sehr ich mich schäme. Das ist mir dermaßen peinlich. Und ich sage das nicht nur, weil ich möglicherweise eine Chance auf Daves Job hatte – ich habe noch *nie* in meinem Leben etwas so Blödes oder Gedankenloses oder Unprofessionelles gemacht, und es tut mir einfach sehr, sehr leid, Marcus.«

Als sie schließlich innehielt, um Luft zu holen, hob er die Augenbrauen. Mit ernster Miene hatte er zugehört, was sie nicht gerade optimistisch stimmte.

»Fertig?«

Sie nickte, schürzte die Lippen, ihre Wangen brannten.

Marcus beugte sich vor und stützte die Ellbogen auf die Tischplatte, die Hände geöffnet. »Ich wette, du hast das ganze Wochenende geübt, deine Entschuldigung zu perfektionieren, hab ich recht?«

»Nur zum Teil. Am Samstag war ich fast den ganzen Tag zu verkatert.«

Er lachte. »Das überrascht mich nicht. Ich bin eher überrascht, dass du nicht im Krankenhaus gelandet bist, um dir den Magen auspumpen zu lassen.« Sie errötete noch mehr. »Aber sieh mal, Cara, das war die Weihnachtsfeier. Da ist jeder ein bisschen zu lustig. Dieses Jahr warst du nur ein wenig … lustiger als der Rest von uns. Alles cool. So was kommt vor. Aber ich weiß deine Entschuldigung wirklich zu schätzen. Und den Entschuldigungskaffee.«

»Ich fühlte mich einfach so mies deswegen. Ich hätte das nicht zulassen dürfen. Ich hätte vernünftiger sein sollen.«

Lächelnd lehnte sich Marcus wieder zurück.

»Und ich weiß, dass ich jetzt nicht die Nachfolgerin von Dave werde, aber ich wollte mich dafür bedanken, dass du mich überhaupt dafür in Betracht gezogen hast. Ich weiß das wirklich zu schätzen.«

Cara wollte gerade aufstehen, aber Marcus schoss so schnell auf die Beine, dass sie sitzen blieb.

»Glaubst du wirklich, ich würde dich für den Job nicht in Erwägung ziehen, nur weil du dich auf einer Party betrunken hast? Du arbeitest schwerer als jeder andere hier – sogar manchmal mehr als ich, glaube ich. Da müsste ich doch verrückt sein, dich nicht zu berücksichtigen.«

»Oh.« Jetzt raste Caras Herz aus einem ganz anderen Grund, und ihre Wangen schmerzten vor lauter Anstrengung, nicht zu lächeln. »Wirklich? Du nimmst mich jetzt nicht auf den Arm?«

»Definitiv nicht.«

»Oh mein Gott. Danke. Ich danke dir sehr. Du hast keine Ahnung, wie dankbar ich bin. Danke. Und, ähm, wenn du gerade zehn Minuten Zeit hättest, würde ich gern etwas mit dir besprechen.«

Er drehte seinen Monitor zur Seite.

»Schieß los. Ich bin ganz Ohr.«

»Also, ich habe mir überlegt, wie wir einen Online-Buchklub gründen könnten. Ein Buch alle vierzehn Tage. Wir schreiben eine Rezension darüber, setzen uns vielleicht mit der Autorin oder dem Autor in Verbindung und fragen, ob wir ein Mini-Interview machen können – in einem Video über das Buch reden können ...«

Gestern hatte sie einen der Weihnachtsromane verschlungen, hatte bis zehn Uhr gelesen – und war so gefesselt gewesen, dass sie ganz vergessen hatte, sich Abendessen zu machen oder auch nur eine Tasse Tee. Dann war sie bis Mitternacht wach geblieben und hatte über ihrer neuen Idee gebrütet und geplant, wie man die tatsächlich umsetzen könnte.

»Und das wäre alles schnell lesbar. Nicht so dicke Bücher, sondern welche, die einfach leicht zu lesen sind und echte Pageturner. Vielleicht auch günstig auf Kindle oder so. Sodass die Leute sie auf dem Weg zur Arbeit lesen und wirklich auslesen können, statt all diese Bestseller und Empfehlungen von Freunden zu kaufen, die sich zu Hause überall stapeln, weil die Vorstellung, sich die Zeit dafür zu nehmen, ein ganzes Buch zu lesen, einschüchternd wirkt.«

Marcus nickte, nippte an seinem Kaffee und hörte aufmerksam zu. Daran, wie groß und rund seine Augen wurden und wie er sich mehr und mehr über die Schreibtischplatte beugte, fast quer darüberlag, merkte Cara, dass sie ihn bereits für die Idee begeistert hatte.

»Cara«, sagte er, als sie fertig war, »hat dir schon mal jemand gesagt, dass du ein Genie bist?«

Danach war Cara die meiste Zeit des Tages damit beschäftigt, ihr Konzept für den Buchklub vorzubereiten, dafür Unterlagen zusammenzustellen und erste Recherchen anzustellen. Außerdem hatte sie noch ihre normale Arbeit zu erledigen – sogar mehr als sonst, weil sie sich den Freitagnachmittag vor der Party ja frei genommen hatte –, aber Cara war wegen ihrer neuen Idee zu aufgeregt, um sie auf der To-do-Liste nach unten zu verbannen. Denn dann würde so bald nichts passieren und Marcus wollte mit der Sache gleich im neuen Jahr starten. Es war ihm ein großes Anliegen, dass die Leute »Mehr lesen« als Neujahrsvorsatz fassten. Er hatte zu Cara gesagt, sie solle etwas von ihrer restlichen Arbeit an andere im Team abgeben – und das hatte sie auch, aber sie wollte auf keinen Fall zu viel von ihren Aufgaben abtreten.

Irgendwann machte sie eine kurze Pause, um sich mit Jen zu unterhalten und von ihrem neuen Projekt zu schwärmen – obwohl das Gespräch damit begann, dass Jen das Gesicht verzog und fragte: »Trägst du da etwa ein Weihnachts-Top?«

Cara blickte auf ihr T-Shirt mit einem Schneemann darauf, eines von vielen weihnachtlichen Kleidungsstücken, die sie besaß – und das einzige, das sie jedes Jahr gern trug. »Äh, ja. Und ich habe auch meine Rentier-Socken an.«

»Und sind das … trägst du da Schneemann-Ohrringe?«

»Warum? Was ist damit?«

Jens Gesichtszüge entspannten sich zu einem Grinsen. »Nichts! Es ist nur … ich wusste gar nicht, dass du so ein Fan von Weihnachten bist. Sorry – du wolltest mir doch was erzählen. Irgendwas von einem neuen Projekt?«

Cara saß bis um sieben Uhr im Büro und arbeitete weiter daran, bis sie überhaupt merkte, wie spät es schon war. Und sie schaute auch nur deshalb vom Schreibtisch auf, weil einer der Kollegen aus der Finanzabteilung, der wegen des nahenden Jahresabschlusses Überstunden gemacht hatte, das Deckenlicht im Büro ausschaltete und ihr einen schönen Abend wünschte.

»Bis morgen«, antwortete Cara und blinzelte wieder etwas Leben in ihre ausgetrockneten Augen. Stöhnend richtete sie sich auf, rollte den steifen Nacken und ließ die Knöchel ihrer verkrampften Finger knacken.

Sie blickte auf ihr Handydisplay, nachdem sie seit ihrer achtzehnminütigen Mittagspause (genug Zeit, um zu einem Café zu laufen, sich einen Kaffee und ein Sandwich zu holen und beides am Schreibtisch zu verschlingen) jedes Surren des Telefons ignoriert hatte. Ein paar Instagram-Benachrichtigungen, »Soundso hat dich in einem Kommentar markiert« auf Facebook, zwei Nachrichten von George und Dutzende von Eloise. In den meisten bat sie Cara, sie zurückzurufen. Es gab neuen Klatsch und den musste sie mit ihr besprechen. In Eloises restlichen Nachrichten ging es um die Weihnachtspläne.

Cara speicherte die Dokumente, an denen sie gearbeitet hatte, schickte letzte E-Mails ab und fuhr den Laptop für diesen Tag herunter. Dann rief sie George an.

»Cara! Wie geht's dir?« Er klang sehr glücklich, sie

zu hören. Unmöglich, dass er fremdging, oder? Jemand, der so süß war, konnte unmöglich fremdgehen. Nicht so jemand wie George.

»Viel zu tun, wie immer. Ich hab gestern Abend gelesen, als du angerufen hast, darum habe ich deinen Anruf nicht mitbekommen und völlig vergessen zurückzurufen.«

»Schon okay. Hast du was Gutes gelesen?«

»Ähm, nur ein total kitschiges, schmalziges Buch über Ex-Lover, die sich auf einem Weihnachtsmarkt wiedersehen.«

Er lachte. »Klingt, als hättest du dich immerhin von deinem Kater erholt.«

Ooh, George war einfach zu süß. Auf gar keinen Fall ging er fremd. Es gab irgendeine vernünftige, vollkommen einleuchtende Erklärung für all das.

»Ja. Und danke noch mal, dass du dich Freitag um mich gekümmert hast. Du hättest mich nicht abholen und nach Hause bringen müssen oder bleiben, um auf mich aufzupassen.«

»Kein Problem.« Sie konnte das Lächeln in seiner Stimme spüren und ließ sich in den Schreibtischstuhl sinken, zog ein Bein an und schlang den Arm darum. »Wie war's bei der Arbeit? Hoffentlich nicht zu unangenehm?«

»Eine Menge Leute haben sich über meinen Zustand am Freitag lustig gemacht«, gab sie zu, »aber nein, eigentlich war heute ein wirklich toller Tag.« Sie erklärte ihm alles und merkte, wie begeistert sie klang, je mehr sie von der Buchklubidee sprach.

»Bist du immer noch im Büro?«

»Ja.«

»Ich wollte mich gerade auf den Weg zur U-Bahn machen. Wollen wir uns irgendwo zum Essen treffen?«

Die Art und Weise, wie ihr Herz hüpfte, war Antwort genug. »Ich habe noch einen E-Mail-Gutschein für Wagamama.«

»Klingt perfekt.«

Sie überlegten noch kurz, in welchen der Läden sie gehen sollten, bevor sie sich auf eine Filiale auf halbem Weg zwischen ihren beiden Wohnungen einigten. Cara war schon fast aus dem Büro, als sie sich verabschiedeten.

Eigentlich sollte sie noch Eloise zurückrufen. Später, beschloss sie. Denn sobald sie in der U-Bahn war, hatte sie keinen Empfang mehr.

Das Beste wäre wahrscheinlich, Weihnachten bei Eloise zu verbringen. Cara hatte am ersten und zweiten Weihnachtstag frei. Das Busticket konnte sie umtauschen, am ersten Feiertag zu Eloise fahren und am zweiten Weihnachtstag wieder zurückkommen. Und sie würde den Laptop mitnehmen, um ein bisschen zu arbeiten.

Die meisten im Büro nahmen sich auch den Tag nach dem zweiten Weihnachtstag Urlaub, weil es ein Freitag war. Das konnte man ihnen nicht verübeln. Vergangenes Jahr hatte sie auch den Tag danach noch freigenommen. Aber diesmal hatte sie so viel zu tun. Vor allem jetzt, wo sie die ganze Sache mit dem Buchklub zu regeln hatte. Sie konnte es sich momentan nicht leisten, Urlaub zu nehmen.

Da war es sinnvoller, zu Eloise zu fahren. Sie würde sich sowieso ums Kochen kümmern wollen und außerdem war es in Eloises Wohnung viel wärmer als bei Cara. Und die einzige Weihnachtsdeko, die sie in der WG hatten, war ein kleiner Baum, der ganze fünf Pfund gekostet hatte, und Christbaumkugeln aus dem Ein-Pfund-Shop. Extravagant.

In Eloises Wohnung war bestimmt das reinste Lappland. Nur eben wärmer.

Andererseits regte sich trotzdem Widerstand in Cara. Eloise hatte zwei Wochen frei und würde in den Weihnachtsferien nicht arbeiten müssen. Und sie besaß ein Auto – es wäre viel einfacher für sie zu verreisen und wahrscheinlich billiger als Caras Zug- oder Busticket. Warum also konnte Eloise nicht zu ihr kommen?

Und warum machte Eloise überhaupt so einen verdammten Wirbel darum? Kapierte sie denn nicht, wie schwierig es im Moment für Cara sowieso schon war, alles unter einen Hut zu bringen, auch ohne ein paar Tage Weihnachtsurlaub dazwischenzuquetschen?

Doch sobald sie George vor dem Restaurant draußen warten sah, waren diese Gedanken sofort vergessen. Er hatte die Krawatte gelockert, die obersten beiden Hemdknöpfe geöffnet, und sein Haar war ein wenig zerzaust, als hätte er es bei der Arbeit gedankenverloren verstrubbelt. Das sah hinreißend aus.

Sie lächelte genauso strahlend wie er, als sie näher kam und ihn kurz auf den Mund küsste. »Alles klar?«

»Schon besser.« Er zwinkerte ihr zu, was sie zum Kichern brachte.

Verrückt, dass sie jemals gedacht hatte, er könnte sie möglicherweise betrügen, oder?

Als George zur Toilette ging, ließ er sein Handy auf dem Tisch liegen.

Es surrte.

Automatisch hob Cara den Blick. Als sie bemerkte, dass es nicht ihr Telefon war, schaute sie auf Georges Handy.

Das grüne Nachrichtensymbol.

Lina.

Plötzlich schien Caras ganzer Körper zu glühen, Feuer gefangen zu haben, sie riss die Augen auf.

Die Benachrichtigung verblasste, das Display wurde wieder dunkel, doch dann traf eine weitere Nachricht ein. Wieder von Lina.

Cara blickte in Richtung der Toiletten. Sie würde sehen, wenn George kam. Sie war nur neugierig. Sie war nur … Sie tat doch nichts Verbotenes, oder? Schließlich stöberte sie ja nicht in seinem Handy. Sie bemerkte nur zufällig die Benachrichtigungen.

Und ganz zufällig drehte sie das Telefon zu sich und klickte darauf.

Bist du in der Nähe? Könntest du vorbeikommen?
Ich habe neue …

Ich habe auch Popcorn. Toffee. Deine Liiiiiieblingssorte

Cara fragte sich, was mit den drei Punkten der ersten Nachricht wohl gemeint war. Neue was? *Neue was? Neue Reizwäsche*, ergänzte ihr Gehirn unweigerlich, *denn das ist das Mädchen, mit dem er dich betrügt, und deshalb hat er sie auch heute Abend kein einziges Mal erwähnt, obwohl er wahrscheinlich schon das ganze Wochenende mit ihr verbracht hat. Wer auch immer sie ist.*

Sosehr sie sich auch bemühte, es vernünftig zu betrachten: Sie war nicht imstande, die Tatsache zu vergessen, dass er ihr nicht von diesem Mädchen erzählt hatte, und das säte genügend Zweifel, dass von Vernunft keine Rede mehr sein konnte. Josh hatte Eloise auch nie etwas von Alyssa erzählt, und was dann passiert war, hatte sie ja gesehen.

Cara drehte das Handy so, wie es vorher gelegen hatte, und lehnte sich zurück. Sollte sie George darauf ansprechen?

Klar, wenn sie sich irrte – würde sie damit vielleicht alles zwischen ihnen zerstören.

Aber wenn sie sich nicht irrte, hatte er bereits alles zerstört, und sie konnte wenigstens aussteigen, bevor es zu spät war.

Also musste sie ihn fragen. Schlicht eine konkrete Antwort bekommen. Sagen, dass sie die Nachricht gesehen hatte und sich fragte, wer Lina war. Das musste nicht unbedingt nach einem großen Problem klingen.

Doch als sich George ein oder zwei Minuten später wieder hinsetzte, lächelnd, und ihr einen Bissen von seinem Teller anbot, weil er wusste, dass sie schon vorhin nach seinem Essen geschielt hatte, hielt sie irgendetwas davon ab, ihn zu fragen. Sie merkte, wie eisig ihre Antworten plötzlich ausfielen.

Dasselbe Etwas hielt sie davon ab zu fragen, als sie sich an der U-Bahn zum Abschied küssten und sie ihn auf die Wange statt auf den Mund küsste.

Vielleicht war es schon zu spät.

Cara hatte das Gefühl, dass sie sich bereits in George verliebt hatte, ganz und gar.

Noch sieben Tage bis Weihnachten

Kapitel 10

Das war's.

Nur noch eine Woche bis Weihnachten. Das bedeutete, nur noch sechsmal schlafen.

Sie konnten das jetzt nicht weiter aufschieben.

Sie hatte in den letzten paar Tagen verdammt noch mal genug Nachrichten und Snapchats und DM auf Facebook und WhatsApps an Cara geschickt. Und sie hatte es satt, noch länger ignoriert zu werden. Es war jetzt Zeit für einen Überfall.

Eloise war geradezu geschockt, als Cara sieben Minuten vor halb sieben Uhr morgens tatsächlich an ihr Telefon ging – halb hatte sie damit gerechnet, dass sie schon auf dem Weg zur Arbeit oder sogar dort sein würde. Aber nach dem Raum hinter dem Gesicht ihrer Schwester zu urteilen, war Cara noch zu Hause. Ihr Make-up war halb fertig – es waren noch Streifen zu sehen, die sie verblenden musste. Sie trug lange baumelnde Ohrringe, die wie Zuckerstangen aussahen.

Eloise konnte nicht mal darüber lachen, machte aber trotzdem einen Screenshot.

»Wir müssen reden.«

»Oh Gott, das klingt ernst«, scherzte Cara, während sie das Handy irgendwo anlehnte, um sich wieder dem Spiegel zuzuwenden und mit einem Schwamm ihr Make-up zu verblenden. »Moment mal, geht's hier um Jamie? Ich hab dir ja gesagt, dass ich dich zurückrufen würde, aber ich war einfach so beschäftigt. Sorry. Du wirst nicht glauben, was in der Arbeit passiert ist. Ich war am Sonntag übrigens einkaufen und –«

»Halt mal kurz die Luft an«, schnitt Eloise ihr das Wort ab, weil sie das hier viel zu sehr stresste. Natürlich wollte sie hören, was bei Cara in der Arbeit passiert war, und natürlich wollte sie auch wissen, weshalb Cara so aufgeregt war, und sie wollte ihr auch alles über den Last-Minute-Tag mit Jamie erzählen.

Aber jetzt ging es um *Weihnachten*.

Alles andere konnte warten.

Cara starrte sie mit offenem Mund an. Dann blinzelte sie in die Kamera, machte langsam den Mund wieder zu und schwieg.

»Was machen wir nächste Woche?«

»Weswegen?«

Oh mein Gott, das darf ja wohl nicht wahr sein. Sie weiß es nicht. Sie hat es vergessen. Sie ist mit ihrer Arbeit tatsächlich dermaßen beschäftigt, dass sie es nicht mal weiß.

Eloise gab sich alle Mühe, nicht zu schreien.

»Wegen Weihnachten. Oh Mann. Cara, ich hab ja lange genug Geduld mit dir gehabt, weil ich weiß, wie viel Stress du bei der Arbeit hast, aber ich muss es jetzt wissen. Ich muss wissen, was mit dem Essen ist und wann du hier sein willst, und –«

»Oh, äh, also … ich könnte am ersten Feiertag kommen. Morgens losfahren, so wie ich es ursprünglich vorhatte. Und dann dachte ich, dass ich am zweiten Weihnachtstag zurückfahre. Und du brauchst dir wegen dem Essen keine Sorgen zu machen – wir könnten doch einfach so was wie Truthahn-Sandwiches essen, oder? Ein bisschen von dem abgepackten Zeug kaufen. Dazu Cranberrysoße.«

»Du willst abends nicht mal ein Weihnachtsessen?«

»Wegen mir nicht. Ich meine nur, es wäre für dich einfacher.«

Und billiger, hörte Eloise heraus, auch wenn Cara es nicht laut aussprach.

»Das ist doch ein ziemlicher Aufwand, nur für uns zwei.«

»Tja, und wann am zweiten Weihnachtstag würdest du zurückfahren? Sonst hätten wir ja noch den ganzen Tag, um die Reste aufzuessen. Ich kann daraus einfach zwei Weihnachtsessen machen. Dad macht das doch normalerweise am zweiten Feiertag auch, wenn der Truthahn groß genug ist.«

»Oh. Ähm.« Cara drehte sich von der Kamera weg, um sich die Wimpern zu tuschen. »Ich dachte, ich fahre früh am Morgen zurück, dann habe ich die Chance, noch Arbeit wegzuschaffen. Und ich bin dir auch nicht im Weg.«

Du bist mir nicht im Weg. Es ist Weihnachten. Zeit für die Familie. Ich will dich dahaben. Ich vermisse dich.

Stattdessen sagte sie: »Du arbeitest am zweiten Weihnachtstag? Das ist ein Feiertag. Dein Chef kann dich nicht dazu zwingen …«

»Tut er nicht. Das Büro ist zu. Ich hab nur tonnenweise Arbeit, die vor Neujahr erledigt sein muss.«

»Kannst du die nicht hier machen? Du könntest doch auch am Freitag von hier aus arbeiten und das ganze Wochenende bleiben. Ich mache dann ein großes Buffet, so wie Mom und Dad an Neujahr. Du könntest George einladen vorbeizukommen.«

»Oh Gott, sag bloß nichts von George. Du erinnerst dich an dieses Mädchen, Lina, das er erwähnt hat? Also, gestern Abend –«

»Nein. Schweif nicht vom Thema ab! Ich verspreche dir, ich will alles darüber hören, aber nicht jetzt. Denn was du mir sagen willst, ist doch – dass du etwa sechs Stunden am ersten Weihnachtstag mit mir verbringen willst. Du willst keinen Truthahn zum Abendessen und am nächsten Tag fährst du morgens schon wieder los und dann sehe ich dich wieder bis wer weiß wann nicht mehr?«

Cara hatte zumindest den Anstand, wegzusehen und unter ihrem Make-up rot zu werden.

»Dir ist schon klar, wie schlimm das ist, ja? Mich die Feiertage allein verbringen zu lassen? Es ist deine Schuld, dass Mum und Dad verreisen. Ich habe dies Jahr keinen Josh, mit dem ich die Tage verbringen könnte. Keine unserer Freundinnen wohnt so nah, sodass ich dort aufkreuzen könnte. Und jetzt –«

»Es dreht sich nicht alles immer nur um dich, El! Wenn dich das dermaßen aufregt, dann komm doch zu mir und bleib, bis die Schule wieder anfängt. Du kannst dir ein bisschen die Stadt ansehen, während ich bei der Arbeit bin, oder –«

»Was? Damit ich dort alleine rumlungern kann, während du im Büro bist? Nein danke.«

»Gut, dann nicht. Was ist dein Vorschlag?«

»Hab ich doch schon gesagt! Aber du willst ja nichts davon wissen! Du willst ununterbrochen arbeiten? Schön. Nur zu, Scrooge. Ist mir scheißegal.«

Eloise drückte so wütend auf das rote Auflege-Icon, dass sie es nicht richtig erwischte. Sie musste ein paarmal drauftippen, während Cara schwach protestierte, bevor die Verbindung schließlich unterbrochen war. Sie ließ das Handy in der Küche liegen und ignorierte entschlossen das Klingeln, als Cara versuchte, sie zurückzurufen.

Wenn Cara so verdammt stur sein wollte – bitte schön. Dann sollte sie sehen, wie egal ihr das war. Als ob sie einander nicht schon seit Monaten nicht mehr gesehen hätten. Als ob Weihnachten nicht schon immer die einzige Zeit war, in der sie nicht mit ihren Freundinnen um Caras Aufmerksamkeit kämpfen musste. Als ob sie es nicht schon gewohnt wäre, allein zu sein und Heimweh zu haben.

Erst im Nachhinein wurde ihr klar, dass sie überhaupt nicht dazu gekommen waren, Neuigkeiten über die Jungs in ihrem Leben auszutauschen. Dabei wollte sie wirklich wissen, was zum Teufel es mit

George und dieser Lina auf sich hatte, wer auch immer sie sein mochte.

Der Vormittag zog sich ewig in die Länge. Die erste Vorstellung ihres Krippenspiels war für heute Nachmittag angesetzt, und zwar mit den Kleinsten. Das bedeutete natürlich, dass man stundenlang Kinder beruhigen musste – diejenigen, die heulten, weil sie doch nicht auftreten wollten, und diejenigen, mit deren Kostüm irgendwas nicht stimmte.

Ach ja, Kulissen waren auch noch zu reparieren, als ein zweidimensionaler Stall aus Pappmaschee umfiel und in zwei Teile zerbrach.

Eloise war noch nie so froh über den Beginn der Mittagspause gewesen.

Sie hatte es satt, von Maria und Josef und den Hirten mit ihren Herden in der Heiligen Nacht zu hören. Und die verdammten immer gleichen Lieder konnte sie auch nicht mehr hören. Sie hatte es ebenfalls satt zu hören, wie all die Kinder darüber redeten, was sie sich dieses Jahr vom Weihnachtsmann gewünscht hatten und was sie mit ihren Familien über die Feiertage machen würden.

Sie hatte es total satt, noch irgendwas von Weihnachten zu hören.

Ein paar andere Lehrkräfte hatten es übernommen, die Stühle für die Nachmittagsaufführung aufzustellen. So hatten Eloise und Mrs Abbott – Abigail – die Chance, sich zumindest mal für eine Tasse Tee hinzusetzen. Abigail hatte es sogar geschafft, eine Packung

Roses-Pralinen aus dem Lehrerzimmer für sie abzuzweigen.

»Die brauchen wir gerade dringender«, verkündete sie, als sie die Schachtel auf den Tisch zwischen ihnen legte. Sie hatten sich, zumindest für eine halbe Stunde, in Eloises Klassenzimmer zurückgezogen, um kurz Ruhe zu haben.

»Du bist ein Schatz.« Eloise ignorierte ihr Sandwich und griff nach einer Praline mit Karamellgeschmack. Sie brauchte jetzt dringend Tee und Schokolade. Das Sandwich konnte warten.

»Warum bist du denn heute so schlecht drauf?«, fragte Abigail. »Mit dem falschen Fuß aufgestanden? Oder ist dir eingefallen, dass du für jemand kein Geschenk besorgt hast?«

»Ich glaube, meine Schwester kommt zu Weihnachten nicht.«

»Wieso das denn? Hat sie sich auf einmal entschlossen, mit euren Eltern wegzufahren? Oder ist sie bei ihrem Freund?«

»Ich weiß gar nicht, ob George offiziell ihr Freund ist«, murmelte Eloise. »Aber – nein. Sie hat einfach zu viel zu arbeiten. Stell dir das vor. Das ist tatsächlich der Grund. Weil sie arbeiten *will*. Sie müsste nicht mal. Sie kann sich freinehmen. Sie kann auch von zu Hause aus arbeiten, wenn es sein muss! Aber das macht sie nicht! Sie will sogar am zweiten Feiertag arbeiten.«

»Das kann doch wirklich keiner von ihr verlangen«, meinte Abigail.

»Verlangt auch keiner. *Sie* will das so.«

»Hast du irgendwas getan, was sie geärgert hat? Vielleicht will sie deswegen nicht kommen. Dann wäre die Arbeit nur ein Ventil oder eine Ausrede oder so.« Abigail klang so gelassen und weise. Sie hatte zwei Kinder, ungefähr in Eloises Alter. Manchmal plauderten sie wie Freundinnen, und dann, so wie diesmal, kam Eloise sich vor, als würde sie mit ihrer Mum sprechen.

»Nein, sie benimmt sich einfach nur erbärmlich. Ich weiß ja, dass sie ein Workaholic ist, und es ist auch super, dass sie ihren Job so liebt, aber … Es geht um Weihnachten, verstehst du? Das ist was anderes. Früher hat sie Weihnachten geliebt. So wie ich. An der Uni hat sie eine Truppe zusammengebracht, die Christmas Carols gesungen hat. Weißt du, wie schwer es ist, Studierende dazu zu bringen, Carols singen zu gehen, wie es sich gehört, ohne vorher ein paar Drinks zu nehmen? Und jetzt denkt sie nur noch daran, wie sie möglichst schnell die Karriereleiter raufkommt.«

»Ich bin mir sicher, dass das nicht stimmt«, versuchte Abigail sie zu besänftigen. Sie suchte nach einer weiteren Praline mit Karamellgeschmack und schob sie Eloise hin.

»Sie will nicht mal ein Weihnachtsessen.«

»Okay, jetzt bin ich überzeugt.«

»Genau. Siehst du?«, Eloise schnaubte und nahm ihr Sandwich auseinander. Ihr Tee war nur noch lauwarm, als sie sich wieder einigermaßen eingekriegt hatte.

Sie leerte den Becher in einem Zug und seufzte.

Dann presste sie die Fingerknöchel an ihre Stirn. In ihrer Handtasche musste noch eine Kopfwehtablette sein. Oder zwei.

»Also, du bist zu Weihnachten bei uns immer willkommen«, sagte Abigail lächelnd. »Mit meinen Kindern würdest du dich bestimmt verstehen. Amber redet ganz viel von dieser *Thrones*-Serie.«

»Oh, um Gottes willen, danke dir, aber – da will ich auf keinen Fall stören. Weihnachten ist ein Fest für die Familie.«

»Eben. Und es ist kein Fest, um ganz alleine vor der Glotze zu sitzen und sich jeden Mist anzusehen, bis irgendwann das Weihnachts-Special von *EastEnders* läuft.« Abigail tätschelte ihre Hand und war jetzt komplett im Mum-Modus. »Ich kann dich doch an Weihnachten nicht ganz alleine lassen.«

Eloise wusste nicht, was sie sagen sollte. Sie war so überwältigt von Abigails Angebot. Sie hätte nicht gedacht, dass Leute so was tatsächlich machten.

Und sie war ganz knapp davor, in Tränen auszubrechen. Abigail schien das zu merken, denn sie ließ ihr einen Moment Zeit, um den Kloß in ihrem Hals runterzuschlucken.

»Überleg es dir«, sagte sie dann. »Selbst wenn du dich erst am Morgen des ersten Weihnachtstags entschließt. Wir werden so viel zu essen haben, dass du uns einen Gefallen tust, wenn wir dir einen Teller davon abgeben können.«

»Danke«, presste Eloise hervor, aber Worte schienen dafür nicht auszureichen.

»Genug über deine arbeitssüchtige Schwester gestöhnt«, befand Abigail und kramte in der Schachtel nach einer Sorte, die sie mochte. »Ich will lieber mehr von deinem Nachbarn hören. Es geht doch nichts über schöne Klatschgeschichten um Jungs. Und du bist ungefähr die Einzige, die mir das bieten kann. Meine Amber spricht mit mir ja nicht über so was. Hast du ihn seit Sonntag noch mal wiedergesehen?«

»Nur ganz wenig«, sagte sie lachend. »Wir haben ein bisschen geschrieben. Gestern war er mit ein paar Leuten aus und ich musste noch Unterrichtspläne fertig machen. Er hat vor, über Weihnachten nach Hause zu fahren, aber vielleicht unternehmen wir am Wochenende noch etwas. Ein richtiges Date. Nicht nur bei ihm oder bei mir abhängen und Take-away-Essen bestellen. Ich habe das Gefühl, das wäre nicht wirklich ein Date, wo er doch gleich gegenüber wohnt.«

»Oooh! Was meinst du, wo ihr hingeht? Und ist er zu Silvester wieder da? Das wäre doch schön, wenn du mit ihm irgendwo feiern könntest. Dann ist ein Kuss um Mitternacht schon garantiert, oder?« Abigail zwinkerte ihr zu, sodass Eloise das Gesicht verzog und die Augen verdrehte.

»Ach, hör auf! Aber ganz ehrlich, ich hab keine Ahnung. Bis jetzt hab ich ihn noch nicht gefragt. Möchtest du noch einen Tee? Heute Nachmittag kommen wir vielleicht nicht mehr dazu.«

Als das Krippenspiel endlich lief, checkte Eloise ihr Handy. Andere Lehrer passten gerade auf und schickten die Kinder zu ihren Auftritten auf die Bühne. Sie selbst war »backstage« – eigentlich in Abigails Klassenraum –, wo sie mit ein paar der Kinder und Damien, einem der Referendare, wartete.

Da waren ungefähr eine Million Nachrichten und verpasste Anrufe von Cara. Auch viele von ihren Eltern.

Beim Durchscrollen sah sie, dass ihr Dad sich offenbar auf ihre Seite stellte. Cara sollte sich von der Arbeit freinehmen, das brauche sie wirklich, oder sie solle als Kompromiss wenigstens ein paar Tage lang von Eloises Wohnung aus arbeiten. – Das würde ihr Chef bestimmt nicht krummnehmen.

Ihre Mum dagegen ergriff Caras Partei.

Deine Schwester arbeitet so hart für diese Beförderung. Da müssen wir sie unterstützen! Sie war schon immer ein Arbeitstier. Und sie hat schon genug Stress, also warum fährst du nicht zu ihr? Du hast viel länger frei und sie wüsste das bestimmt zu schätzen. Am Wochenende könntest du dann zurückfahren. Ein paar Tage in London – ich bin mir sicher, Cara würde abends mit dir ausgehen, auf ein paar Drinks oder ins Kino! Sie braucht ja auch mal eine Pause.

Versuch, nicht zu streng mit deiner Schwester zu sein, Sweetie. Ich weiß, das ist schwer, aber sie hängt sich für diesen Job so rein und sie hat wirklich eine Chance, diese Stelle zu kriegen! Du würdest ihr einen großen Gefallen tun, wenn du an Weihnachten zu ihr fährst.

Du musst das mit Cara klären, damit du Lebensmittel einkaufen kannst. Dad meint, dass ihr euch vielleicht was bestellen könntet! Dann müsste keine von euch kochen LOL

Kommst du wie geplant dieses Wochenende?
Ich mache ein Curry

Eloise antwortete auf die letzte Nachricht ihrer Mum. Ja, sie würde kommen. Dann verließ sie den Raum, um Cara anzurufen.

Sie landete direkt bei der Voicemail.

»Cara, ich bin's. Hör zu, ich weiß, wie viel dir diese Beförderung bedeutet, aber du musst wirklich auch mal eine Pause einlegen. Es ist Weihnachten. Und ich will das echt nicht allein verbringen. Dave und Marcus erwarten doch nicht mal, dass du durcharbeitest, deshalb bin ich mir sicher, dass du auch von mir zu Hause aus arbeiten kannst. Und wenn es nur am zweiten Feiertag wäre. Du kannst auch George einladen, wenn du möchtest. Je mehr, desto besser. Ich kümmer mich um das komplette Abendessen, Truthahn natürlich, und die Wohnung ist sowieso schon dekoriert. Ich habe alle deine Geschenke unter dem Baum liegen. Cara, bitte – komm an Weihnachten.«

Noch fünf Tage bis Weihnachten

Kapitel 11

»Hast du nicht Lust, am Wochenende nach Hause zu kommen?«

»Natürlich, Mum, aber hier ist einfach wahnsinnig viel los. Eure Geschenke sind doch angekommen, oder?«

»Ja, aber darum geht es nicht …« Seufzend brach sie ab, und Cara war froh, dass sie per Video chatteten. Sie hatte ihre Mum auf dem Heimweg angerufen, da sie wegen »dringender Wartungsarbeiten« ihrer üblichen U-Bahn-Linie eine andere hatte nehmen müssen. »Es wäre einfach schön, wenn ihr hier wärt. Das ist die einzige Gelegenheit, dass wir uns vor Neujahr noch einmal alle sehen. Eloise hat zwar nichts gesagt, aber ich weiß, dass sie sehr niedergeschlagen ist, weil Weihnachten diesmal ein bisschen anders ist.«

»Ich werd mal schauen, Mum, aber ich weiß nicht, ob's klappt.«

»Arbeitest du am Wochenende?«

»Ja, ein bisschen.«

Eine Menge.

Diese Buchklub-Idee musste erfolgreich werden. Cara wusste, dass das keinen großen Einfluss darauf haben würde, ob sie den Job bekam oder nicht – die Entscheidung würde fallen, bevor der Buchklub überhaupt richtig durchstarten konnte –, trotzdem. Dieses Projekt steuerte sie ganz alleine. Marcus hatte ihr mehr oder weniger freie Hand gelassen und Cara bat bloß um Meinungen, Input und Feedback. Sie war dabei niemandem Rechenschaft schuldig. Sie hatte die volle Verantwortung.

Und sie liebte ihren Job. Besonders dieses Projekt. Was war also so schlimm daran, wenn sie einen Teil ihres Wochenendes mit Arbeit verbringen wollte? Ihr Dad verstand das nicht wirklich, aber ihre Mum schon.

Darum hatte Cara das Gefühl, dass es etwas zu bedeuten hatte, wenn sogar ihre Mum wollte, dass sie sich eine Pause gönnte.

»Also, versuch doch zu kommen, Liebes. Wir würden dich gern sehen, bevor wir in den Urlaub fliegen. Und du kannst dann mit Eloise hier meine Schränke plündern, falls ihr noch irgendetwas für Weihnachten braucht. Übrigens, hast du meine E-Mail mit den Reisehinweisen zu Weihnachten gekriegt? Eloise meinte, du kommst wahrscheinlich zu ihr. Ich habe dir einen Link geschickt mit allen Infos zu Strecken, die nicht bedient werden oder wo Störungen vorliegen …«

Während ihre Mum von der Bahn berichtete, mit der sie ohnehin nicht fahren wollte, versuchte Cara, kein allzu schlechtes Gewissen zu haben. Eloise hatte sie zwar erfolgreich überredet, am ersten Weihnachtsfeiertag zu ihr zu fahren, aber sie hatte eigentlich nicht vorgehabt, an diesem Wochenende ihre Eltern zu besuchen.

Ja, eigentlich sollte sie.

Irgendwie wollte sie ja auch.

Aber … *die Arbeit.* Und eine Last-minute-Fahrt – vor allem zu dieser Jahreszeit – würde ein Vermögen kosten. Und sie sahen sich ja sowieso irgendwann im Januar, wenn sie zum Geburtstag ihres Dads nach Hause fuhr.

»Ich versuch's«, antwortete sie ihrer Mum, als das Gespräch langsam zu Ende ging, »aber ich kann's dir nicht versprechen.«

Kaum hatte Cara aufgelegt, surrte ihr Handy.

George.

Sie hatte ihm unter der Woche geschrieben, aber nicht wie sonst mit ihm telefoniert, und sie hatte ihn seit Montag nicht mehr gesehen. Das war an sich nicht ungewöhnlich, aber sie wusste, sie ging ihm aus dem Weg. Sie hatte ein paar seiner Nachrichten ignoriert. Gestern Abend hatte er gefragt, ob sie zu Hause sei, damit er kurz vorbeikommen konnte. Sie war daheim gewesen und hatte noch für den Buchklub recherchiert, was sie auf den nächsten Tag hätte verschieben können, aber sie antwortete, sie hätte noch so viel zu tun.

Sie hatte auch mit ihren Mitbewohnern darüber geredet, weil sie es nicht hatte lassen können. Henry fand, dass sie überreagierte. Elliot und Laurie meinten, dass er mit ziemlicher Sicherheit fremdging, und Jamilla hatte erklärt, sie hätte schon immer geahnt, dass der Typ zu gut war, um wahr zu sein, und Cara sowieso viel zu gut für ihn.

Letztlich war nichts davon wirklich hilfreich.

Das Handy läutete weiter.

Sie wollte ja mit ihm sprechen. Sie wollte ihn sehen. Da waren schließlich diese geballten Schmetterlinge in ihrem Bauch, und sie wollte eigentlich rangehen und hören, wie er fragte, ob sie heute Abend etwas unternehmen wollte, ob sie irgendetwas vorhatte oder ob sie sich sehen konnten.

Doch da war dieser kleine nagende Zweifel, der ihr einflüsterte, dass er nur anrief, weil er wegen dieser Lina mit ihr Schluss machen wollte. Wer auch immer sie war.

Cara nahm den Anruf trotzdem an.

»Ich versuche schon seit Ewigkeiten, dich zu erreichen! Du ignorierst mich doch nicht, oder?«

»Ich hab gerade mit meiner Mum telefoniert.«

»Ich nehme nicht an, dass du heute Lust hast, was zu unternehmen? Einen ruhigen Abend zu Hause? Ich wette, alle Restaurants sind ausgebucht, weil es ja der letzte Freitag vor Weihnachten ist. Die ganzen Weihnachtsfeiern und so. Soll ich uns was kochen? Ich kann auch zu dir kommen, wenn das für dich einfacher ist.«

Er ließ sie kaum zu Wort kommen. Er klang so aufgeregt bei der Vorstellung, sie zu sehen. Er war so was von süß.

Aber – Lina.

Sie wollte sich nicht mehr ständig im Kreis drehen. Es machte sie jetzt schon wahnsinnig. Entschlossen schürzte Cara die Lippen. Sie würde das auf der Stelle mit ihm klären und endlich hinter sich bringen.

Dann wusste sie wenigstens, ob sie sein Weihnachtsgeschenk umtauschen musste oder nicht.

Und ob sie über ihn wegkommen musste oder nicht.

»Ich komme zu dir«, sagte sie. Zumindest konnte dann *sie* verschwinden. Rausstürmen, falls er sie tatsächlich betrog. So hatte sie die Situation besser unter Kontrolle. Das würde alles leichter machen. »Ich muss nur erst meine Sachen nach Hause bringen, dann komme ich vorbei.«

»Perfekt. Wie wäre es mit einem Curry? Wie hört sich das an? Oder hast du Lust auf was anderes?«

»Äh, egal. Ich bin mit allem einverstanden. Such du was aus.«

Sie würde es vielleicht sowieso nicht essen.

Während sie überlegte, ob sie sich umziehen sollte oder nicht, fuhr Cara sich mit der Bürste durchs Haar. Der Wind auf dem Heimweg hatte es verheddert. Sie sprühte noch einmal etwas Deodorant und Parfüm auf, puderte sich das Gesicht, um ein wenig frischer zu wirken, und beließ es dann dabei.

Sich für eine Trennung in Schale zu werfen, war zwecklos, oder?

Und falls es für all das eine andere Erklärung gab, tja, dann wäre es George auch egal. Denn er hatte sich ja auch um sie gekümmert, als sie sturzbetrunken war. Er hatte sie bereits in einem deutlich schlimmeren Zustand gesehen.

Dennoch zerbrach sie sich den Kopf und rief Eloise an.

Es dauerte eine Weile, bis die FaceTime-Verbindung stand. Zunächst war kein Bild da, aber Cara konnte hören, wie Eloise kichernd quietschte: »Hör auf! Mach mir lieber einen Tee!«

Als sie einander sehen konnten, war das Gesicht ihrer Schwester erhitzt, das Lächeln breit und die Augen leuchteten. So glücklich hatte sie wochenlang nicht gewirkt, wenn Cara anrief. »Hiya. Alles klar?«

»Ist Jamie grad da?«

»Was? Nein. Wie kommst du denn darauf?«

»Darf ich das Shortbread aufmachen?«, rief ein Typ – vermutlich Jamie – irgendwo im Hintergrund. Eloise wandte sich von der Kamera ab.

»Nein, darfst du nicht! Das ist für Weihnachten!«

»Was ist mit den After Eights?«

»Nein! Irgendwo ist da noch eine offene Packung Custard Creams. Die sind bestimmt noch in Ordnung.« Eloise wurde rot, als sie Cara wieder anschaute. »Okay, du hast mich erwischt.«

Das konnte Cara jetzt wirklich nicht brauchen. Sie wünschte, Jamie wäre nicht bei Eloise.

Es war nicht so, dass sie sich nicht für Eloise freute. Nach allem, was mit diesem Mistkerl Josh gelaufen war, freute sie sich, dass ihre Schwester jemanden gefunden hatte, den sie wirklich mochte. (Und Cara wusste, dass ihre Eltern froh sein würden, dass es nicht irgendein Typ war, den sie online kennengelernt hatte.)

Aber momentan war es Salz auf ihre Wunden.

Eloise schien zu merken, dass irgendetwas nicht stimmte, setzte sich auf dem Sofa aufrechter hin, schaltete den Fernseher stumm und hielt die Kamera näher ans Gesicht. »Was ist los? Was ist mit dir? Sag nicht, dass du dir das mit Weihnachten wieder anders überlegt hast und jetzt doch nicht kommen willst.«

»Nein, darum geht's nicht.«

»Mum und Dad haben gesagt, du kommst an diesem Wochenende nicht nach Hause. Du solltest aber. Sie vermissen dich. Und es könnte dir guttun, mal eine …«

»Ich brauche keine Pause«, blaffte sie mit angespanntem Kiefer. »Und könntest du bitte damit aufhören, dass ich nach Hause fahren soll? Merkst du nicht, wie lächerlich du klingst? Nach Hause zu fahren, ändert überhaupt nichts. Und das ist nicht mal der Grund, warum ich dich *angerufen* habe.«

Eloise richtete sich kerzengerade auf und blinzelte in die Kamera. Cara unterdrückte ein Stöhnen. Na toll. Das war ja genau das, was sie jetzt noch brauchte. Eloise zum Weinen zu bringen.

Doch die schluckte tapfer und sagte mit brüchiger Stimme: »Oh, okay.«

»Sorry«, reagierte Cara fast schon förmlich. »Ich wollte dich nicht anschreien. Es ist nur so, dass ich gleich zu George gehe.«

»Oh.« Ihre Schwester erholte sich zusehends und schien den Beinahe-Streit schon als vergessen verbucht zu haben. »Verstehe. Und ...?«

»Ich werde ihn nach Lina fragen.«

Auf Eloises Gesicht war »Endlich!« zu lesen, sie entspannte sich rasch, und was sie laut aussprach, war: »Ach, Süße. Vielleicht gibt es eine total einfache Erklärung für alles.«

»Was denn zum Beispiel?«

»Beispielsweise ... sie ist ... eine Ex, mit der er befreundet geblieben ist, und neue Freundinnen finden das komisch und machen deswegen mit ihm Schluss. Vielleicht die Ex-Frau – er hat sie geheiratet, als er ungefähr sechzehn war, sich drei Monate später scheiden lassen, und es ist ihm zu peinlich, darüber zu reden. Oder sie ist seine Bewährungshelferin, und er wurde wegen Insiderhandel verurteilt. Oder ähm ... sie ist seine Chefin.«

»Seine Chefin, die ihm eine Nachricht schickt, dass er vorbeikommen soll und dass sie seine Lieblingssorte Popcorn besorgt hat?«

»Genau. Es hört sich blöd an, wenn du es so ausdrückst, deshalb hat er auch nichts davon erzählt.«

Cara rollte mit den Augen.

Sie war bereits jede erdenkliche Erklärung durchgegangen, die einigermaßen plausibel klang, und keine davon schien irgendeinen Sinn zu ergeben. Eloise wollte nur helfen, das war ihr klar, aber sie schaffte es nicht wirklich, dass sich Cara besser fühlte.

»Wo triffst du ihn?«

»Ich gehe zu ihm. Er will für uns kochen.«

»Och«, gurrte Eloise und ihr mitfühlender Gesichtsausdruck schmolz dahin, als hätte sie gerade einen süßen Welpen gesehen. »Siehst du? Das ist doch süß. Josh hätte so etwas nie für mich gemacht. Cara, ich finde einfach, George ist zu nett, um ein Betrüger zu sein.«

»Wer ist ein Betrüger?«, meldete sich Jamie wieder im Hintergrund. Cara sah, wie ihre Schwester einen Becher Tee entgegennahm und ihn dicht vor sich stellte.

»Wissen wir noch nicht«, antwortete Eloise. Sie richtete die Kamera auf Jamie, und Cara war irgendwie überrascht. Er kam ihr nicht vor wie Eloises Typ. Er wirkte irgendwie – na ja, *ungeschliffen*, war das einzige Wort, das Cara einfiel. Strubbeliges Haar, Bartstoppeln. Er hatte gar nichts mit Josh gemein. Oder irgendeinem der anderen Typen, die Eloise bisher gedatet hatte.

(Cara traute Online-Dating nicht und hatte Eloise immer dazu gebracht, ihr Bilder und Namen von allen Typen zu schicken, mit denen sie auf Tinder ein Date gehabt hatte. Nur für den Fall der Fälle. Mum schickte ihnen eine Menge Links mit Horrorgeschichten dieser Art.)

»Hiya«, sagte er lächelnd und winkte in die Kamera.

»Hey«, antwortete Cara und lächelte zurück. »Äh, Miss Elizabeth?«

Eloise drehte die Kamera zurück zu sich.

»So gern ich Ihren Mr Darcy auch kennenlernen würde …«

»Sehr witzig.«

»… ich muss in einer Minute los.«

»Ach ja. Entschuldigung. Gut, dass du zu ihm gehst. Dann kannst du abhauen, wenn du mit ihm Schluss machen musst.«

»So hab ich mir das auch gedacht.«

»Okay. Also, du sagst Bescheid, sobald du Bescheid weißt? Meld dich, wenn du mich brauchst. Oder auch, wenn alles in Ordnung ist, ruf mich an. Ich will auch wissen, wer diese Lina ist.«

»Ja, mach ich.«

George strahlte, als er Cara die Tür öffnete. Ein Haarbüschel stand ihm vom Kopf ab, ansonsten sah er adrett aus, die Ärmel seines Shirts waren bis knapp über die Ellbogen hochgekrempelt, und er hatte eine Schürze umgebunden, die mit Soßenspritzern bekleckert war.

»Komm rein, schnell, du lässt die Kälte rein.«

George teilte sich eine Erdgeschosswohnung mit zwei anderen Typen. Sein Zimmer hatte ungefähr die Größe eines normalen Badezimmers, es passte nur ein Einzelbett hinein, weshalb sie eigentlich lieber Zeit bei Cara verbrachten.

Die war immer wieder überrascht, wie sauber die Wohnung war. Ein bisschen unordentlich vielleicht, mit überall verstreuten Schuhen, Rucksäcken und Handy-Ladegeräten, aber sauber. Außerdem roch es köstlich – der Duft von Balti-Curry wehte aus der Küche den Flur herunter, und sie war sich sicher, auch Naan-Brot mit Knoblauch und Koriander zu riechen. Das mochte sie, wie er sehr wohl wusste. Caras Magen knurrte.

George beugte sich vor, um sie zu küssen, noch bevor sie ihren Mantel und ihre Schuhe auszog, doch sie drehte den Kopf zur Seite und entzog sich ihm mit einem Lächeln.

»Sind deine Mitbewohner nicht da?«

»Tom ist seit etwa zehn Uhr heute Morgen mit ein paar Kumpels aus der Uni was trinken und Gary ist gerade zu seiner Büro-Weihnachtsfeier gefahren.«

Vermutlich besser so. Denn Cara war im Moment so aufgedreht und nervös, dass das Ganze durchaus in einem Schreikampf enden konnte.

Als sie ihren Mantel und ihre Schuhe ausgezogen hatte, war George schon wieder in der Küche und rührte mit einem Holzlöffel in einem Topf. Sie hatte zwar nicht vor, lange zu bleiben (wahrscheinlich), aber Cara wusste, dass hier in der Wohnung die Schuhe ausgezogen werden sollten.

»Ich muss mit dir reden.«

»Was sagst du?« Der Dunstabzug über dem Herd lief und Musik spielte und das Küchenfenster war offen und draußen heulte der Wind.

Cara versuchte es noch mal und wrang die Hände. »Ich muss mit dir reden.«

George blickte sie eine ganze Weile an – ihre großen Augen, die nach unten gezogenen Mundwinkel, die schmalen Lippen und die angespannte Geste mit den Händen – und drehte die Hitze am Herd herunter, schaltete den Dunstabzug aus und machte einen Schritt auf Cara zu. »Was ist los?«

Warum nur hatte sie das Gefühl, dass *sie* diejenige war, die hier etwas falsch machte?

Wie beim einzigen Mal, als sie an der Uni eine Vorlesung geschwänzt hatte. Damals hatte sie verschlafen, wusste, dass sie es nicht rechtzeitig schaffen würde, und hatte beschlossen, nur dieses eine Mal nicht hinzugehen. Daraufhin war sie die ganze folgende Stunde nervös, und auch noch zwei Tage später, als sie in die nächste Vorlesung beim selben Professor ging. Als würde sie für ihr Versäumnis ausgeschimpft und zum Direktor geschickt, wo man ihre Eltern anrufen und ihr mit Schulverweis drohen würde. Und an Universitäten *gab* es nicht einmal Direktoren. Oder doch? Egal.

»Ich muss dich was fragen. Und ich will, dass du ehrlich antwortest. Ich will keine … Ich will keine Ausflüchte oder so was oder … Ich will bloß die Wahrheit hören. Okay?«

»Okay …« Stirnrunzelnd zog er das Wort in die Länge.

Es kam Cara vor, als bräuchte sie eine Ewigkeit, um die Frage auszuspucken, aber schließlich tat sie es.

»Wer ist Lina?« George wirkte dermaßen verblüfft, dass sie sich kurz wie eine Vollidiotin fühlte. Aber dann wurde ihr klar, dass es vielleicht nur daran lag, dass er glaubte, seine Spuren derart gut versteckt zu haben, und darum presste sie entschlossen den Kiefer zusammen. George wandte sich erneut dem Herd zu, drehte an den Knöpfen und stellte alles ab.

»Letztes Wochenende habe ich dich mit ihr telefonieren hören«, erklärte sie und fragte sich gleichzeitig, warum sie meinte, es überhaupt erklären zu müssen. Eigentlich war das seine Aufgabe. »Und sie hat dir neulich eine Nachricht geschickt, als wir essen waren. Ich habe dir nicht nachspioniert. Nur gesehen, wie die Benachrichtigung auf dem Display angezeigt wurden.«

George nickte und schaute irgendwo neben ihren Füßen auf den Boden, und sie wartete, wobei sie versuchte, nicht allzu laut und angespannt zu atmen, bis er wieder aufblickte.

»Hast du gedacht, dass ich dich betrüge?«

Das war doch keine Antwort, oder?

»Wer ist sie?«

»Möchtest du was trinken?« Er ging zum Kühlschrank.

»*George!*«

Er rührte sich nicht weiter, sondern sah sie wieder an.

»Warst du deshalb so abweisend mir gegenüber, bist mir ausgewichen, hast meine Nachrichten ignoriert?«

»Ich habe *nicht* …«

»Doch, hast du. Und das weißt du auch. Und ich wusste nicht, was zum Teufel ich so falsch gemacht habe, dass du dermaßen sauer geklungen hast, wenn du dich mal dazu herabgelassen hast, mit mir zu sprechen.«

Fassungslos starrte Cara ihn an. Wie konnte er es wagen, so zu tun, als wäre sie diejenige, die im Unrecht war? Wie konnte er es nur wagen? Welches verdammte Recht hatte er, so mit ihr zu reden, wo er doch derjenige war, der sie angelogen und ein Mädchen vor ihr geheim gehalten hatte?

»Wer ist Lina, George?«

Er ließ die Schultern sinken. Er wandte sich ab. Er seufzte.

»Meine Schwester.«

»Aber … du hast doch gar keine Schwester«, sagte sie misstrauisch. Sie schluckte. »Und falls das die einzige Ausrede ist, die dir einfällt …«

»Das ist keine Ausrede. Bloß … schwierig, darüber zu reden. Ich weiß nie, wie ich das ansprechen soll.«

Cara blickte George an, als wäre ihm gerade ein zweiter Kopf gewachsen.

»Unsere Eltern haben sich getrennt, als wir noch klein waren. Meine Mum ist zurück nach Yorkshire in die Nähe ihrer Familie gezogen mit meiner Schwester. Ich habe die beiden vielleicht zweimal im Jahr gesehen. Als wir größer wurden, haben wir nicht viel miteinander geredet. Dass sie in Australien studiert hat, war auch nicht sonderlich hilfreich. Sie ist ein paar Jahre älter als ich.«

Cara starrte ihn weiterhin nur an.

»Sie war im Krankenhaus. Sie war auf Reisen und ist gerade erst zurückgekommen. Sie wollte meinen

Dad besuchen und hatte einen Autounfall. Es geht ihr gut, mehr oder weniger. Gebrochenes Bein, ein paar Prellungen. Ich hab sie letztes Wochenende besucht. Da bin ich gewesen. Seitdem haben wir mehr miteinander zu tun, weil … ach, ich weiß auch nicht. Es wird einem einfach manches klar, schätze ich, wenn so was passiert. Es hätte noch viel schlimmer kommen können. Sie hatte Glück. Und sie hat sich echt bemüht, den Kontakt zu unserem Dad wieder aufzubauen … Es ist zwar nicht so, dass wir groß Streit gehabt und deshalb nie miteinander geredet hätten, aber ja, darum ging es bei dem Anruf und den Nachrichten.«

Oh Gott. *Oh Gott.*

Eloise hatte recht.

George war ihr Jude Law aus *Liebe braucht keine Ferien*. Es gab eine Erklärung. Eine gute. Eine wirklich, wirklich verdammt *gute.*

Eine entfremdete Schwester, die einen Autounfall hatte, war nicht im Entferntesten als Idee aufgetaucht, als sie über all die Möglichkeiten nachgedacht hatte. Das wäre ihr in einer Million Jahren nicht in den Sinn gekommen.

Und alles, was sie sagen konnte, war: »Oh mein Gott.«

Weil sie so eine Idiotin war. Sie war so dumm.

»Mein Dad und meine Stiefmutter werden ihren Urlaub absagen. Meine Mum ist schon da und bleibt erst mal, bis Lina aus dem Krankenhaus kommt. Sie haben vor, die Feiertage dort zu verbringen. Glückliche Familie spielen und so.«

»Also bist du an Weihnachten nicht in der Stadt?«

Cara hatte tausendundeine Frage im Kopf, aber diese schien ihr sicheres Gefilde.

»Ich werde wahrscheinlich nur am ersten und zweiten Weihnachtstag hinfahren.«

Sie nickte.

Jetzt war alles logisch. Georges Dad wohnte in der Nähe von Bromley, was nicht allzu weit weg war. Den Besuch hatte George an einem Abend schaffen können. Entweder spät zurück oder früh losfahren, aber machbar. Er hätte auch noch hinfahren können, als Lina ihm diese Nachricht während des Essens schickte. Er hätte auf jeden Fall letzten Samstag hinfahren können, als er so losgestürmt war.

»Du dachtest, ich würde dich betrügen, nicht wahr?«

Sie wand sich innerlich. »Ein bisschen. Ich meine, du musst schon zugeben – das wirkt verdächtig. Ich dachte, wenn sie bloß eine Bekannte oder ein Familienmitglied wäre, hättest du etwas gesagt. Es kam mir verdächtig vor, weil du nichts gesagt hast. Und ich habe ja nicht versucht, dir nachzuspionieren. Ich dachte mir, es muss einen Grund geben, warum du es vor mir verheimlichst, warum du sie nie erwähnt hast.«

»Und Fremdgehen ist zugegebenermaßen der offensichtlichste Grund.«

Cara zuckte zusammen und biss sich auf die Lippe – aber George lächelte schon wieder ein wenig. Immerhin war er nicht sauer. Sie hätte es ihm nicht übel genommen.

»Ich wette, Eloise hat das auch gedacht.«

»Sie dachte, Lina wäre dein Kind.«

George lachte auf – sein großes Lachen aus dem Bauch heraus, und Cara entspannte sich zusehends, lehnte sich in den Türrahmen und hörte auf, mit den Händen herumzuzappeln. George drehte wieder an den Knöpfen am Herd, dann warf er ihr einen Seitenblick zu. »Bleibst du trotzdem zum Essen?«

»Darauf kannst du Gift nehmen. Das hier riecht verdammt gut und ich bin fast am Verhungern. Soll ich schon mal Teller holen?«

Cara half ihm bei dem, was noch zu tun war – schenkte die Getränke ein, ließ den Reis abtropfen –, und George erzählte ihr mehr über seine Schwester. Sie war neunundzwanzig, freiberufliche Journalistin, reiste viel durch die Welt. Lina (anscheinend die Kurzform von Paulina – beide waren nach Großeltern der Familie benannt) –, war eine große Leserin, betrieb in ihrer Freizeit einen Buchblog, der allerdings in den letzten Monaten auf der Strecke geblieben war, und sie interessierte sich sehr für Astrologie.

»Okay, das klingt jetzt vielleicht etwas … dreist«, sagte Cara mutig und riss etwas Naan-Brot auseinander, um es in ihr Curry zu tauchen, »aber meinst du, sie könnte mir bei dieser Buchklub-Sache im Job helfen? Selbst wenn es nur darum geht, ein paar Bücher zu empfehlen oder so …«

»Machst du Witze? Das würde ihr sehr gefallen. Für ihren nächsten Artikel sollte sie eigentlich auf eine Wanderreise gehen, aber wegen des Beins funktioniert das ja jetzt nicht. Sie freut sich bestimmt über ein anderes Projekt, in das sie sich reinhängen kann, um sich abzulenken.«

»Echt? Es ist nur … ich will sie nicht nerven oder so.« Cara kaute auf ihrem Essen herum, um Zeit zu gewinnen, bevor sie beschloss, ihre Zweifel zu gestehen. »Und ich will auch nicht mit der Tür ins Haus fallen oder so, falls ihr euch erst noch … ein bisschen besser kennenlernen wollt oder so.«

»Schon in Ordnung. Es ist ja nicht so, als hätten wir noch nie miteinander geredet. Wir standen uns eben nur nicht so nahe. Sie war mehr wie eine dieser Cousinen, von denen man weiß, dass es sie gibt, aber die man nicht oft sieht. Deshalb erzähle ich nicht gleich von ihr, wenn ich jemand kennenlerne. Die ganze Situation ist ein bisschen wie in *Ein Zwilling kommt selten allein*, wenn ich recht drüber nachdenke.«

Cara blinzelte, legte den Kopf schräg und schnippte dann mit den Fingern. »Natürlich! Lindsay Lohan! Sie ist es, an die du mich die ganze Zeit erinnerst.«

»Ich hätte dir trotzdem davon erzählen sollen. Ich hätte etwas sagen sollen, als Lina ins Krankenhaus kam. Aber ich wusste einfach nicht, wie ich es ansprechen sollte. Es klingt doch ein bisschen merkwürdig, wenn ich plötzlich verkünde, eine Schwester zu haben, die ich nie erwähnt habe, so ganz aus heiterem Himmel, wo wir doch schon seit … Monaten miteinander sprechen.«

»Sprechen? O-ha. Na, das ist ja mal ein Realitätscheck. Ich dachte, wir wären uns einig, eine Beziehung zu haben. Hatten wir nicht darüber geredet, an Neujahr nach Vegas durchbrennen?«

George wedelte mit der Gabel in Caras Richtung. »Du hast recht. Tut mir sehr leid. Als Verlobter bin ich ja wohl das Letzte, dass ich unsere bevorstehende Hochzeit bereits vergessen habe.«

»Aber mal im Ernst«, sagte Cara und ließ ihr Messer sinken, um nach Georges Hand zu greifen und sie zu drücken, »ich verstehe, warum du nichts gesagt hast. Und es tut mir leid, wenn ich dafür gesorgt habe, dass es peinlich wurde, indem ich voreilige Schlüsse gezogen habe.«

»Hast du nicht. Was bin ich für ein beschissener Freund, wenn ich dich in dem Glauben gelassen habe, ich würde fremdgehen.«

»Weihnachten ist doch die Zeit des Jahres, in der man verzeiht, richtig?«

»So was in der Art.« George grinste und seine Augen funkelten.

Cara war sehr froh, dass es endlich eine Erklärung gab. Sie war so froh, dass er sie nicht betrog. Weil ihr plötzlich klar wurde, wie sehr sie in ihn verliebt war.

Noch vier Tage bis Weihnachten

Kapitel 12

Es klopfte an der Tür. Eloise sah ihre Mum an. »Erwartet ihr jemand?«

»Wahrscheinlich ist es die Post. Du weißt doch, wie dein Dad ist. Dauernd bestellt er irgendwas bei Amazon. Gehst du eben aufmachen, Schätzchen?«

Sie ließ ihre Mutter weiter Sachen falten, die in den Koffer gepackt werden sollten, und lief nach unten, um die Tür aufzumachen. Draußen sang jemand ein Weihnachtslied – *Away in a Manger*. Es war noch ein bisschen früh für Carol-Sänger, dachte sie.

Eloise machte die Haustür weit auf, weil sie mit jemand aus der Nachbarschaft rechnete. Aber dann fiel ihr die Kinnlade praktisch bis zum Fußboden runter, als sie sah, wer draußen stand.

Cara hörte auf zu singen, fing an zu kichern und fiel ihr um den Hals. »Überraschung!«

Eloise rang nach Worten, bis sie es endlich schaffte, die Umarmung ihrer Zwillingsschwester zu erwidern. »Was machst du denn hier? Was – Dad? Wusstest du davon?«

Er hatte vorhin gesagt, er müsse noch Milch holen. Das hatte sie seltsam gefunden, weil sie noch reichlich Milch im Haus hatten und die Eltern am nächsten Tag wegfliegen würden. Aber dann hatte sie angenommen, das sei nur eine vorgeschobene Ausrede für so was wie: *Ich habe vergessen, eines der Geschenke für dich zu besorgen, und muss jetzt meine Spuren verwischen, damit es nicht aussieht, als würde ich es nicht auf die Reihe kriegen.*

Nicht in einer Million Jahre wäre sie darauf gekommen, dass er Cara mit nach Hause bringen würde.

»Was ist denn los? Ich verstehe nicht … Was machst du denn hier?«

»Es ist die letzte Chance, dass wir alle vor Weihnachten noch mal Zeit zusammen verbringen«, flötete Cara, als wäre das doch total offensichtlich und als hätte sie sich in den letzten paar Wochen, was die Feiertage anging, nicht wie ein absoluter Grinch aufgeführt. »Also habe ich einen frühen Bus und dann den Zug genommen, und Dad hat mich am Bahnhof abgeholt.«

Eloise quietschte vor Freude und drückte Cara noch fester. »Ich hätte nie gedacht, dass du kommst!«

»Was soll ich sagen? Ich bin gut gelaunt. Die Sonne scheint –«

»Es hat knapp zwei Grad hier draußen.«

»– und du hattest recht: George hatte eine gute Erklärung. Und ich hab es geschafft, noch ein billiges Last-Minute-Ticket für den Bus zu ergattern.«

Eloise lachte. Das klang schon eher nach der Cara,

die sie kannte. »Oh mein Gott. Okay. Geh Mum Hallo sagen und dann komm wieder und erzähl mir alles. Ich kann immer noch nicht glauben, dass du mich gestern Abend nicht mehr angerufen hast.« Sie warf einen Blick auf Caras Rucksack und dann auf ihren Dad, der auch kein weiteres Gepäck trug. »Du bleibst gar nicht?«

»Der Bus zurück fährt um fünf. Aber ich bin den ganzen Tag da. Jetzt ist ja noch nicht mal Mittagszeit.«

»Ich dachte, bis Weihnachten. Du hättest doch einfach bei mir wohnen können.«

Cara winkte ab. »Ich muss arbeiten.«

»Du spinnst.«

»Wir können ja nicht alle bequeme Jobs mit Schulferien haben.«

Eloises Augen wurden schmal und sie stemmte die Hände in die Hüften. »Sag das noch mal und ich muss dich eventuell für Weihnachten wieder ausladen.«

Da war Cara jedoch schon auf dem Weg nach oben zu ihrer Mum. Also wandte Eloise sich an ihren Dad, der endlich die Haustür wieder zumachte.

»Das ist alles Mums Schuld«, erklärte sie ihm. »Weil sie Cara auch noch darin bestärkt, noch mehr zu arbeiten. Welche Eltern machen so was?«

»Nur ganz schlimme offensichtlich. Wenn man bedenkt, dass Cara diese Beförderung schon fast sicher hat, obwohl sie noch keine zwei Jahre dort arbeitet.« Grinsend hängte er seine Jacke übers Treppengeländer. Eloise bemühte sich, das nicht als Kritik aufzufassen. Im Sinne von: *Deine Schwester steht schon kurz vor der Beförderung – und was hast du erreicht?* »Möchtest du vielleicht einen Mince Pie? Ich habe eine Packung vor Mum versteckt und es sind noch zwei drin. Ich wette, die können wir verputzen, bevor die beiden wieder runterkommen.«

»Ooh. Nur zu.«

Eloise hatte schon fest damit gerechnet, bis ins kleinste Detail zu Jamie ausgefragt zu werden, nachdem sie ihr bisher einziges echtes, reguläres Date ihrer Mum gegenüber am Telefon beiläufig erwähnt hatte. Doch da Cara nun auch da war, gab es kein Entkommen mehr vor der Spanischen Inquisition. Sie sorgte allerdings dafür, dass es Cara genauso erging, indem sie ihre Schwester gemeinsam mit den Eltern mit Fragen über George bombardierte.

Bis zum Abwasch nach dem Essen ersparte sie ihrer Schwester jedoch die Fragen dazu, wer diese Lina nun war. Ihre Eltern waren oben, um fertig zu packen. Man konnte sie bis in die Küche zanken hören. Darüber, wie viel Sonnencreme sie mitnehmen sollten, ob Dad ausreichend Unterhosen eingepackt hatte (acht konnten unmöglich reichen, behauptete er, selbst wenn sie die meiste Zeit in Badesachen verbringen würden) – und hatte er an das Handwaschmittel gedacht? Es in Folie eingewickelt, für den Fall, dass es auslief? *Ordentlich* eingewickelt? Eloise verband ihr Handy mit der Lautsprecherbox in der Küche und startete das Weihnachtsalbum von Michael Bublé, um ihre Eltern auszublenden.

»Also«, sagte sie, während sie einen Teller abspülte und ihn Cara hinhielt, »wer ist sie?«

»Was? Wer denn?«

»Lina! Du weißt schon, das Mädchen, das dich so verrückt gemacht hat, weil du dachtest, dein Freund betrügt dich mit ihr. Die. Ich schätze, es gab eine verdammt gute Erklärung, weil du mich weder angerufen noch geschrieben hast und hier heute freudestrahlend aufkreuzt. Und dann hören wir dauernd ›George dies!‹ und ›George, das!‹«

Cara wurde ein bisschen rot. »Also, vielleicht hattest du recht.«

»Und?«

»Sie ist seine Schwester.«

»Genau. Warte mal. Ich brauche schon eine deutlich bessere Erklärung. Keiner hat ohne Grund einfach heimlich eine Schwester, die er nie erwähnt.«

Cara seufzte und erklärte ihr, dass George und seine Schwester getrennt aufgewachsen waren und erst kürzlich, nach ihrem Autounfall, wieder engeren Kontakt aufgenommen hatten.

»Ich habe mich so schrecklich gefühlt, als ich dastand und drauf und dran war, ihn anzuschreien, weil er mich hintergangen oder benutzt oder was weiß ich hatte. Und er hat sich schlecht gefühlt, weil es aussah, als würde er mir nicht genug vertrauen, um von ihr zu erzählen, und … Oh Gott, es war so ein Schlamassel.«

»Hab ich's dir nicht gesagt?«

»Hör bloß auf.«

Eloise grinste ins Spülbecken und schrubbte Lippenstift von einem Glas. »Aber jetzt ist alles gut zwischen euch?«

»Ja.«

Mit einem Seitenblick sah sie, wie sich ein breites Grinsen auf Caras Gesicht schlich, und musste lachen. »Na los, sag schon, wie oft?«

»Ich weiß gar nicht, wovon du redest.«

»Jetzt tu bloß nicht so.«

»Immerhin bin ich in einer Beziehung.«

»Ach, komm, sei nicht so prüde. Wir sind doch nicht mehr in den Fünfzigerjahren.«

»Und was ist da überhaupt zwischen dir und Jamie? Ich weiß, dass du Mum erzählt hast, es hätte erst ein richtiges Date gegeben und alles sei noch zu früh, um darüber zu reden, aber – jetzt mal im Ernst, was läuft da?«

»Ich habe absolut keine Ahnung.«

Na gut, sie hatte vielleicht viel Zeit mit Jamie verbracht – besonders in dieser Woche. Und ja, sie hatten miteinander geschlafen, und es hatte dieses wunderbare Date am Sonntag gegeben. Mit Geknutsche beim Shoppen und ununterbrochenem Reden und heißer Schokolade. Sie hatte ihn sogar zu einer Runde auf dem Eislaufplatz überredet. Vielleicht hatte sie Cara gegenüber auch damit angegeben, denn immerhin hatte sich keiner von ihnen das Handgelenk verletzt und war im Krankenhaus gelandet.

Aber sie hatten kein einziges Mal ernsthaft darüber gesprochen, ob … ob sie jetzt zusammen waren oder nicht.

Eloise wusste ja nicht einmal, ob er eine Beziehung wollte.

Sie wusste nicht einmal, ob *sie* eine Beziehung wollte.

Sie hatte eigentlich gedacht, über Josh hinweg zu sein, bis Weihnachten immer näher kam und ihr bewusst geworden war, wie seltsam es sich anfühlen würde, dieses Jahr ohne ihn zu feiern. Vielleicht nicht *schlechter*, aber … anders. Das beschäftigte sie immer mehr, zumal ihre Eltern bald wegfliegen würden und Cara nicht vorhatte, viel da zu sein.

Wahrscheinlich ging es weniger um Josh und mehr um sie, aber egal, oder?

Sie griff nach dem Besteck und warf es ins Spülbecken. Dann wechselte sie das Thema. »Um welche Uhrzeit kommst du denn zu mir? Am Mittwoch.«

»Mittwoch?«

»Am ersten Feiertag.«

»Oh, richtig. Sorry. Äh … um elf? Oder?«

»Gut. Ich dachte mir, wir essen um halb eins. Kommt George auch? Hast du ihn gefragt?«

»Er meint, er fährt Weihnachten zu seinen Eltern, jetzt, wo seine Schwester da ist und seine Mum auch dort sein wird. Was ist denn mit deinem Jamie?«

»Er ist nicht *mein* Jamie. Und er fährt über Weihnachten auch nach Hause. Dann sind wir nur unter uns. An einem Jungs-freien Weihnachten.«

»Bis auf den Weihnachtsmann.«

»Bis auf den Weihnachtsmann«, pflichtete sie ihr lächelnd bei. Cara schien doch noch in Weihnachtsstimmung gekommen zu sein. »Hast du die großen Säcke mit Geschenken für uns im Wohnzimmer gesehen? Ich habe mir nur ein paar Filme auf iTunes und ein paar Spotify-Gutscheine gewünscht.«

»Ich weiß! Ich glaube, auf meinem Wunschzettel standen vier Sachen. Eine davon diese schöne Gesichtscreme von Clinique, die ich so mag.«

»Ich wette, du kriegst Skiunterwäsche«, riet Eloise und ließ das Spülwasser aus dem Becken, weil sie jetzt fertig waren. »Du beschwerst dich doch immer, wie kalt dein Zimmer ist. Und Socken. Ich wette, sie haben Unmengen Socken für uns. Als ob wir davon nicht schon genug hätten.«

»Ganz ehrlich, ich kann wirklich ein paar neue gebrauchen.«

»Ich auch.«

Sie sahen sich an und kicherten.

Es war schön, die Zwillingsschwester wieder um sich zu haben.

Eloise umarmte ihre Eltern und küsste sie zum Abschied.

»Seid ihr sicher, dass ihr jetzt alles habt?«, fragte sie.

»Sind wir nicht diejenigen, die Eloise das fragen sollten?«, meinte ihr Dad zu ihrer Mum. Eloise musste lachen. »Wir kommen schon klar, Kleine. Es ist ja fast alles gepackt.«

»Ich hab euch noch ein Post-it an den Spiegel im Bad geklebt, damit ihr eure Zahnbürsten nicht vergesst. Und schreibt mir, wenn ihr am Flughafen seid.

Und nach dem Boarding. Und nach der Landung. Und …«

Ihre Mum gab ihr noch einen Kuss auf die Wange. »Und wenn wir im Hotel angekommen sind. Und du schickst uns eine Nachricht, wenn du zu Hause bist. Fahr vorsichtig. Es ist eisig geworden.«

»Es heißt, dass es vielleicht schneit«, meinte ihr Dad.

»Es wird nicht schneien«, schnaubte Eloise grimmig. Weihnachten war in diesem Jahr sowieso schon total falsch, da wäre es höchst unwahrscheinlich, dass es weiße Weihnachten gab. Vielleicht eins mit Frost, im besten Fall.

(Wobei, wenn es schneite, der Flug vielleicht gecancelt würde. Dann konnten ihre Eltern an den Feiertagen nicht weg und Weihnachten würde doch noch wie immer.)

Eloise kreuzte hinter ihrem Rücken schnell die Finger.

»Und du hast alle Geschenke?«

»Ja, alles im Auto.«

Ebenfalls im Auto hatte sie Cara – die jetzt auf die Hupe drückte. Eloise zeigte ihr über die Schulter den Mittelfinger. Sie hatten noch eine halbe Stunde für die zehnminütige Fahrt zum Bahnhof, wo Cara den Zug nehmen wollte.

»Und das Essen?«

Eloise kam in gewisser Weise doch nach ihrer Mum. Cara und ihre Mum schienen eine ähnliche Arbeitseinstellung zu haben, aber Eloise hatte mit ihrer Mum gemeinsam, dass beide sich immer Sorgen machten. Ihre Freundinnen hatten ihr den Spitznamen »Glucke« gegeben, nachdem sie einmal extra Papiertücher und Pflaster zum abends Ausgehen mitgenommen hatte.

»Yup. Danke noch mal.« Sie hatten ihr eine Großpackung Heroes von Cadbury mitgegeben, außerdem ein paar der leckeren Marks-and-Spencer-Kekse, die sie sonst immer hatten, eine Dose Shortbread (wie sie schon zu Hause eine in ihrem Küchenschrank gebunkert hatte), eine Flasche Bucks Fizz und ein Dutzend Mince Pies. Eloise hatte das alles schon zu Hause, aber sie wollte nicht undankbar erscheinen oder sie enttäuschen. Sie würde den Rest einfach nach den Ferien mit in die Schule nehmen. Jamie würde wahrscheinlich alle Mince Pies verdrücken, wenn sie sie ihm anbot. Und sie konnte ja auch Cara noch Reste einpacken.

Cara hupte wieder, diesmal länger.

»Na gut. Ihre Hoheit ruft. Ich sehe euch dann, wenn ihr zurück seid.«

Sie drückte ihre Eltern noch ein letztes Mal, bevor sie mit der Tasche Lebensmittel zum Auto lief. Die Geschenke hatten ihr Dad und sie vorher schon eingeladen.

Ihr Handy pingte wegen einer eingegangenen Nachricht, als sie gerade einstieg. Kaum hatte sie das Telefon aus ihrer hinteren Tasche gefischt, da schnappte Cara es ihr auch schon weg.

»Hey, nicht beim Fahren texten. Und jetzt mach schon. Ich darf diesen Zug nicht verpassen. Uuh, es ist eine Nachricht von Jamie. Er will wissen, wann du nach Hause kommst. Zwinker-Smiley. Igitt. Schicken Leute etwa immer noch Zwinker-Smileys, auch wenn es gar nicht ironisch gemeint ist?«

»Was gibt's denn gegen ein Zwinker-Smiley einzuwenden?«

Eloise schaute Cara gerade lange genug an, um zu sehen, wie sie übertrieben mit einem Auge zwinkerte. Sie musste laut lachen.

»Soll ich ihm schreiben, dass du dich entschlossen hast, bist zur Hochzeit keusch zu bleiben?«

»Kannst du machen, aber dann gehe ich von deinem Account aus auf Georges Facebookseite und like ein paar alte Fotos von vor sechs Jahren.«

»Waffenstillstand?«

»Es ist schließlich bald Weihnachten«, stimmte Eloise ihr zu und machte den Ton ihrer Weihnachts-Mix-CD lauter, bevor sie auf die Straße bog.

Noch drei Tage bis Weihnachten

Kapitel 13

»Ihr wisst aber schon, dass es schneien soll«, kommentierte Jamilla und betrachtete den trostlosen Ausblick aus dem Küchenfenster. Trostlos, weil das Haus in einer schmalen Gasse zwischen dieser und der nächsten Straße stand, und trostlos, weil, obwohl es ein Uhr nachmittags war, alles grau war und es noch dazu nieselte.

»Es schneit nicht«, sagten Henry und Cara im Chor.

»Außerdem«, fuhr Cara fort, »ist es regnerisch. Und selbst wenn es schneien würde – vor allem in London –, bleibt der Schnee nicht liegen.«

»Und überhaupt«, sagte Henry, »wann hatten wir zuletzt weiße Weihnachten?«

»Vor ein paar Jahren lag am zweiten Weihnachtsfeiertag etwas Schnee«, sagte Jamilla.

»Und Anfang Dezember mal, als ich ungefähr dreizehn war«, meinte Cara.

»Ja, aber trotzdem. Ihr wisst, was ich meine. Am Fünfundzwanzigsten liegt fast nie Schnee, überhaupt schneit es in London fast nie. Und das ist auch gut so –

mein Zug würde beim ersten Anblick einer Schneeflocke ausfallen. Und ich weiß nicht, wie es euch geht, aber ich kann es kaum erwarten, an Weihnachten zu Hause ein richtiges, selbst gekochtes Essen zu mir zu nehmen.«

»He! Und wie nennst du das hier?« Cara deutete mit dem Löffel auf den Topf auf dem Herd, in dem sie gerade rührte. »Das ist Jamie Olivers feinstes Risotto.«

»Überzeugt mich trotzdem nicht.« Henry schaute sie misstrauisch an.

»Och, bitte! Wann hat uns der liebe Mr Oliver je enttäuscht?«, rief Jamilla und riss sich endlich vom Fenster los, um weiter Pilze zu schnippeln. Cara war dazu verdonnert worden, das Risotto ständig umzurühren, während sich die anderen um das eigentliche Kochen kümmerten. Obwohl, im Moment war Henry damit beschäftigt, alleine die übrig gebliebenen Knallbonbons aufzureißen, dazu trug er drei zerknitterte Partyhüte auf einmal und mit Kochen hatte das nicht viel zu tun.

Da Caras andere beiden Mitbewohner schon über die Feiertage weggefahren waren und Jamilla später am Abend zu ihrer Familie nach Glasgow fliegen wollte, feierten sie zu dritt eine Art vorgezogenes Weihnachtsessen. Es gab Knallbonbons, billigen Weißwein und … Risotto.

Und um fair zu sein, hatte Henry immerhin schon einen Zimt-Apfel-Crumble zubereitet, der jedes Mal, wenn einer den Kühlschrank öffnete, herrlich weihnachtlich duftete.

Cara war seit vorigem Wochenende zum ersten Mal in sehr langer Zeit in wirklich festlicher Stimmung. Sie *freute* sich richtig auf Weihnachten. Nachdem sie von George die Wahrheit erfahren hatte und nicht mit ihm Schluss machen musste, war sie dermaßen aufgekratzt gewesen, dass sie in letzter Minute den Bus nach Hause gebucht hatte, um ihre Eltern noch vor deren Urlaub zu sehen, und hatte den heutigen Vormittag damit verbracht, Geschenke einzupacken. Sie hatte sogar spontan ein paar fertige Schleifen gekauft, um sie an die Weinflaschen zu kleben, die sie fürs Abendessen besorgt hatte.

Eloise würde die Schleifen lieben. Und Cara konnte nicht leugnen, dass sie alles ein bisschen hübscher machten.

Auch wenn das Geschenkpapier – drei Rollen für ein Pfund – ein paarmal zu oft einriss.

Sie würde es ihrer Schwester zeigen. Sie war kein Scrooge oder Grinch oder gar Harry oder Marv aus *Kevin – Allein zu Haus*. Sie konnte Weihnachten feiern *und* hart arbeiten.

Jamilla sang beim Song *Blue Christmas* mit und schüttete noch mehr Brühe ins Risotto, während Cara weiterrührte. Henry sorgte dafür, dass beide erschrocken zusammenfuhren, als er laut ein weiteres Knallbonbon aufriss.

»Wer ist Santas Lieblingssänger?«

»Na, wer?«

»Elfis.« Henry schnaubte vor Lachen. »Den liebe ich. Elfis. Ein Klassiker.«

Jamilla und Cara wechselten einen Blick und rollten mit den Augen. Es hatte schon so seinen Grund, dass er beim Weihnachtswichteln in der WG ein Buch mit Weihnachtswitzen bekommen hatte. Genauso wie die Tatsache, dass Cara einen Anti-Stressball und eine schwarze Weihnachtsmannmütze mit der Aufschrift »Spaßbremse« erhalten hatte. Aber sie nahm es gelassen: Sie trug die Mütze jetzt beim Kochen.

»Wann triffst du dich mit Pudding und Pie, um Geschenke zu tauschen?«, fragte Henry.

»Wen und was?«

»Georgie Porgie. Wie im Kinderreim. Auch bekannt als der gute Freund, den du mir so herzlos weggeschnappt hast.«

»Beachte ihn einfach nicht«, seufzte Jamilla und schob die Pilze vom Brett in den Topf, nachdem sie mit einer Gabel im Risotto gestochert hatte. »Er trinkt schon Bier, seit er um zehn Uhr aufgewacht ist.«

Mit einem Schrei der Empörung schleuderte Henry ihr die Hälfte eines aufgezogenen Knallbonbons an den Kopf, sodass sie alle drei lachen mussten. »Ich hatte bloß eins!«

»Aber vor zwölf Uhr mittags.«

»Äh, es ist schließlich Weihnachten. Zeit, den ganzen Tag zu essen und den ganzen Tag zu trinken?«

»Also, wenn du so weitermachst, rollst du im Januar durch die Tür.«

Jamilla beugte sich über den Herd und probierte ein wenig Risotto von der Gabel. »Hm. Fast fertig. Nur noch fünf Minuten. Ich reibe schon mal den Käse.

Henry, kannst du die Teller holen? Und Wein einschenken?«

»Jawoll, Chef!«

Und fünf Minuten später hatten sie die Teller voll mit warmem Baguette und Risotto, weihnachtliche Knallbonbons stapelten sich auf dem Hocker vor ihnen, alle drei quetschten sich auf ein Sofa, die gefüllten Weingläser neben den Füßen und *Kevin – allein zu Haus* lief im Fernsehen. »Okay«, seufzte Henry zufrieden. »*Jetzt* ist wirklich Weihnachten.«

Cara und Henry blieben auch den Rest des Nachmittags vor dem Fernseher, schauten jeden Mist an, der dort lief, und teilten sich eine Packung No-Name-Kekse aus dem Supermarkt, statt irgendwelche raffinierteren Plätzchen zu essen. Danach arbeitete Cara ein wenig am Laptop und Henry las auf seinem Kindle.

Jamilla schnaufte, als sie ihren Koffer die Treppe hinunterschleppte.

»Brauchst du Hilfe?«, rief Henry.

»Ich hab's gleich«, keuchte sie, und Cara und Henry unterdrückten ein Kichern, während sich Jamilla die nächsten fünf Minuten atemlos die Treppe hinuntermühte. »Uff! So, ihr Nerds, ich bin dann mal weg. Fröhliche Weihnachten und so! Wir sehen uns im neuen Jahr!«

Cara wischte sich Kekskrümel vom Schoß, legte den Laptop beiseite und stand auf. Jamilla umarmte ihre Mitbewohner, sie verabschiedeten sich voneinander, wünschten sich gegenseitig eine gute Reise und ein frohes Fest.

»Hast du auch genug eingepackt?«

»Das sind hauptsächlich Geschenke«, verteidigte sich Jamilla und blickte auf ihren riesigen Koffer und die vollgestopfte Reisetasche.

Als Jamilla die Haustür öffnete, verstummten plötzlich alle drei.

Nach Luft ringend, schob sich Henry an den Mädchen vorbei und trat barfuß auf die Treppenstufen vor dem Haus. Es war eiskalt: die Stufen eisüberzogen und glatt. Henry reckte den Hals, sein Mund stand offen. »Oh, verdammt. Schnee.«

»Oh, Gott«, stöhnte Jamilla. »So ein Mist. Hoffentlich bleibt der nicht liegen.«

»Er liegt schon bis zum Torpfosten«, bemerkte Cara, der bei dem Anblick schlecht wurde. Schnee war das Letzte, was sie diese Woche wollte – oder brauchen konnte. Denn dann kam alles zum Stillstand, und sobald ein Auto oder ein Mensch durch den Schnee gepflügt war, sah es auch nicht mehr schön aus. Schnee war einfach nur störend.

Sie drückte Jamillas Arm und schenkte ihr ein aufmunterndes Lächeln. Die Arme war ganz niedergeschlagen. »Dein Flug geht bestimmt trotzdem. Der Flughafen Glasgow ist offen, hieß es doch, heute Nachmittag hat es dort aufgehört zu schneien. Ich bin sicher, alles wird gut gehen.«

Weil es so sein musste.

Das hier war schließlich London. London war

tougher als ein bisschen Schnee, der kaum liegen blieb und wahrscheinlich in weniger als einer Stunde in Graupel und Regen übergehen würde. Dafür würden die Flughäfen nicht geschlossen. Genauso wenig, wie Züge, U-Bahn, Busse oder Taxis ausfallen würden.

Und außerdem war schon für den ganzen Tag Schnee vorhergesagt, und das hier war das Erste, was sie davon sahen.

Das hier hatte absolut nichts zu bedeuten.

Fünf Stunden später war Jamilla wieder da, wütend, die Augen rot und verquollen – sie hatte ganz offensichtlich geweint.

Cara war alle halbe Stunde zum Fenster gelaufen, um nach dem Wetter zu schauen. Etwa eine Stunde, nachdem Jamilla aufgebrochen war, hatte sich das bisschen Schnee zu einem Schneesturm entwickelt und seither nicht nachgelassen. Henry und sie hatten am Fernseher auf den Nachrichtensender umgeschaltet, wo sich mindestens achtzig Prozent der Berichte um den plötzlichen Wetterumschwung drehten.

Die Flughäfen stellten entweder den Betrieb ein oder verschoben die Flüge. Einige schwere Autounfälle auf den Autobahnen. Der Zugverkehr war in vielen Teilen des Landes gestoppt. In einigen Orten wurden Straßen gesperrt. Reisende wurden gewarnt, extrem vorsichtig zu sein, und in den Lokalnachrichten hieß es, man solle gar nicht verreisen, wenn es nicht unbedingt nötig sei.

Cara war sich ziemlich sicher, dass jeder seine Reise als notwendig ansah, egal wohin. Vermutlich überall. Sie wusste, ihre Mum würde ihren Dad selbst bei diesem Wetter rausjagen, um Milch zu besorgen, nur damit sie genug hatten, falls sie in den kommenden Tagen eingeschneit werden sollten.

Oh, Gott.

»Was, wenn wir eingeschneit werden?«, hatte sie Henry in einem Moment wilder Panik gefragt. »Wir haben keine Vorräte, weil wir ja über die Feiertage wegfahren wollten.«

»Sei nicht so eine Drama-Queen«, hatte er geantwortet, sich aber danach besorgt über sein Handy gebeugt, um nach anderen Reisemöglichkeiten nach Hause zu suchen.

Und dann war Jamilla hereingestürmt, kurz davor, (wieder) in Tränen auszubrechen, und hatte ihren Koffer in den Flur getreten. »Ich hasse Flughäfen. Ich hasse Flugzeuge. Ich hasse Schnee. Ich hasse Weihnachten.«

Henry tauchte aufgeregt im Türrahmen auf. »Was haben sie gesagt?«

»Oh!« Jamilla raste ins Wohnzimmer und warf sich auf das zweite Sofa. »Man hat mir eine volle Rückerstattung angeboten. Oder Umbuchung auf den nächsten Flug!«

»Wann geht der?«

»Morgen sollen ein paar Maschinen fliegen, aber was nützt das, wenn es dann immer noch schneit? Ich habe meinen Namen auf die Liste setzen lassen, aber ich weiß jetzt schon, dass der Flug nicht gehen wird. Ich hab es im Gefühl.«

»Ich setze mal Teewasser auf«, sagte Cara leise und erhob sich vom Sofa. Sie war froh, dass sie daran gedacht hatte, Milch mit einem längeren Haltbarkeitsdatum zu kaufen, damit welche da war, wenn sie wie eigentlich geplant am zweiten Weihnachtsfeiertag nach Hause kam. Immerhin hatten sie so für die nächsten Tage ausreichend Milch, wenn sie hier zu dritt festsaßen.

Als Cara aus der Küche zurückkehrte, schniefte Jamilla und schaute mit großen, leeren Augen Nachrichten. Sie nahm einen der Becher vom Tablett, das Cara ihr hinhielt.

»Na ja, wenn du nicht fliegen kannst, erstatten sie dir wenigstens das Ticket.«

Jamilla brach in Tränen aus.

»Gut gemacht, Scrooge«, murmelte Henry und ging zu Jamilla, um die schluchzende Mitbewohnerin in den Arm zu nehmen und sie zu trösten.

Cara fühlte sich wie ein ganz, ganz schlechter Mensch.

»Wie ist das Wetter bei dir?« Es war fast Mitternacht, aber Eloise war noch wach – offenbar hatte Cara den Anruf perfekt getimt, um sie in der Werbepause von *Stirb langsam* zu erwischen.

»Och, bloß alles etwas überzuckert. Alles in Ordnung, wirklich. Die Straßen sind gestreut und so. Das meiste liegt auf den Grünflächen und den Autodächern, aber die Straßen sind ziemlich frei. Wir gehen gleich in den Pub.«

»Gute Idee, sich dort einschneien zu lassen«, scherzte Cara, doch ihre Stimme zitterte. »Genug zu essen und zu trinken und gute Stimmung, um bei Laune zu bleiben.«

Eloise lachte. »Drück uns die Daumen, ja? Und was ist mit dir? Ich habe deine Snapchats gesehen. Und in meiner Nachrichten-App steht, dass in London wirklich viel Schnee liegt. Mal was anderes, oder?«

»Jamillas Heimflug wurde gestrichen. Es ist nicht klar, ob morgen Züge fahren werden.«

»Tja …« Eloise seufzte und setzte ein breites Lächeln auf, »es muss einfach tauen, oder? Und morgen ist doch erst der Zweiundzwanzigste. Bleiben noch zwei Tage. Das wird schon klappen. Ganz bestimmt. Fährt dein Bus?«

»Er ist noch nicht gestrichen. Bisher ist nur heute Abend alles gecancelt. Aber es sieht nicht gut aus. Hör zu, El, ich mache mir Gedanken, ob … na ja … ich meine …«

»Nein. Nein, sprich es nicht aus. Denk nicht mal dran, Cara. Du verschreist es sonst. Es sind noch ein paar Tage bis Weihnachten, es wird aufhören zu schneien und dann sind die Straßen wieder frei und alles – wirklich *alles* – wird gut.«

Noch zwei Tage bis Weihnachten

Kapitel 14

Jamie stand am Fenster und stemmte die Hände in die Hüften.

»Ich glaube, ich habe einen schrecklichen Fehler gemacht.«

Eloise stellte ihre beiden Becher mit heißer Schokolade ab. »Was denn?«

»Dass ich mir heute und morgen nicht freigenommen habe.«

»Weil …?«

Er konnte sich ja kaum darüber beschweren, dass er hatte arbeiten müssen. Schließlich war er mittags nach Hause geschickt worden, als es nicht aufhören wollte zu schneien. Außerdem hieß es, das Büro würde morgen geschlossen bleiben, falls es nicht über Nacht taute.

Sie war froh, dass es nicht letzte Woche so viel geschneit hatte, als sie noch hatte arbeiten müssen. Die Wahrscheinlichkeit war groß, dass sie dann morgens losgefahren wäre, bevor es hieß, die Schulen würden geschlossen. Und das wäre keine schöne Heimfahrt gewesen. Jamie meinte, er hätte fast eine halbe Stunde länger gebraucht als sonst – und es war ihm nicht gelungen, den Hügel zur Wohnanlage raufzukommen. Wie viele andere Autofahrer auch hatte er seinen Wagen an der Hauptstraße stehen lassen müssen.

Ihr alter Polo hätte das niemals geschafft.

»Weil ich dann schon am Wochenende nach Hause gefahren wäre.«

Eloise ging in die Küche zurück, um die Kekse zu holen. »Ich bin mir sicher, dass es tauen wird. Die haben nicht mal weiteren Schnee vorhergesagt. Es soll in der nächsten Stunde schon aufhören zu schneien.«

Jamie riss sich vom Fenster los und ließ sich so dicht neben ihr aufs Sofa fallen, dass ihre Beine aneinandergepresst wurden. Eloise schwang ihre auf seinen Schoß und fragte sich, wie sich das so schnell so gemütlich anfühlen konnte – so *normal*.

»Einige Züge fahren ja noch«, spekulierte sie. »Und ein paar Busse. Und vielleicht schmilzt der Schnee ja noch.«

»Mhm.«

Das war der Nachbar, den sie kannte: in sich gekehrt und nicht gerade gesprächig. Pampig. Aber sie streckte die Hand aus und drückte sein Knie.

»Das wird schon«, murmelte sie.

»Glaubst du, dass das je aufhört? Dass man nicht auf seine Mum hört? Sie hat mir immer wieder gesagt, ich soll doch schon dieses Wochenende nach Hause kommen, und ich habe immer nur gesagt, das klappt schon. Und sie hatte verdammt noch mal recht, oder?«

»Tja, meine Mum lässt Weihnachten dieses Jahr komplett sausen, und hätte ich auf sie gehört, dann hätte ich jetzt zum Abendessen Meeresfrüchtebuffet und ein Zimmer mit Meerblick im fünften Stock. Allerdings wären die Wände so dünn, dass ich mit anhören müsste, wenn das Paar über mir Sex hat und wie die Familie nebenan streitet, weil jemand vergessen hat, Strandtücher einzupacken.«

»Klingt … fantastisch.« Er drehte sich so, dass er ihr zublinzeln konnte. »Meinst du, die Wände hier sind so dünn, dass Nummer eins und Nummer zwei hören können, wenn wir Sex haben?«

Eloise merkte, wie ihre Wangen zu glühen begannen. Daran hatte sie noch nicht mal gedacht. Es war ihr überhaupt nicht in den Sinn gekommen. Sie konnte die Frau aus Nummer sechs direkt über sich hören, wenn sie hohe Absätze trug oder staubsaugte.

»Wahrscheinlich nicht«, hoffte sie.

Jamie lachte und reckte den Hals noch ein bisschen, um ihr einen Kuss aufs Kinn zu drücken. »Schau nicht so entsetzt. Ich will dich nur ärgern.«

Sie gab ihm einen Klaps auf den Arm und schob ihn schmollend weg, bis sie kichern musste. Dann streckte sie sich nach ihrer heißen Schokolade. Jamie griff seufzend nach seinem eigenen Becher.

Noch eine Weile starrte er aus dem Fenster.

»Hey«, meinte Eloise irgendwann. »Im schlimmsten Fall sitzt du zu Weihnachten hier fest. Bei meinem fantastischen Truthahn, herrlichen Röstkartoffeln und dem besten Christmas Pudding von Sainsbury's, den ich wahrscheinlich vergeblich versuchen werde zu flambieren. Und dazu der größte Mist im Fernsehen, den du dir vorstellen kannst.«

»Du machst es mir echt schmackhaft, weißt du. Aber dir ist schon klar, dass wir eingeschneit vermutlich nur zu zweit sind. Cara wird wahrscheinlich nicht herkommen können.«

Das wusste sie.

Aber sie gab sich allergrößte Mühe, nicht daran zu denken.

»Was macht ihr so zu Weihnachten? In deiner Familie? Erzähl doch mal.«

Das tat er. Wie sie alle ihre Geschenke aus den Strümpfen auspackten und dazu heiße Schokolade tranken. Dann mussten alle sich anziehen, bevor sein Dad pochiertes Ei auf Toast zum Frühstück machte. Anschließend warteten sie auf die Großeltern, einen Onkel und einen Cousin, während alle mithalfen, das Weihnachtsessen zuzubereiten, bevor weitere Geschenke ausgepackt wurden. Essen gab es dann pünktlich um ein Uhr, danach Trifle sowie einen Christmas Pudding, von dem nur sein Großvater aß. Anschließend sahen sie sich alle Weihnachts-Specials im Fernsehen an, spielten Brettspiele und aßen Sandwiches mit kaltem Truthahn zu Abend.

Das war zwar anders als Weihnachten bei ihr zu Hause, aber es klang herrlich.

Jetzt wollte Jamie hören, wie es bei ihr zuging, also erzählte sie.

Alle standen um sieben auf, aßen unterm Weihnachtsbaum Sandwiches mit Bacon und hatten bis zehn alle Geschenke ausgepackt (aber nur, wenn sie sich beeilten). Dann zogen alle hässliche Weihnachtspullover an und unternahmen einen gemeinsamen Spaziergang vor dem Mittagessen. Den ganzen Nachmittag lang wurden Ratespiele gespielt. Irgendwann schlief ihr Dad auf der Couch ein, wachte aber rechtzeitig fürs *Doctor Who*-Special wieder auf. Sie zankten darüber, welche neuen Filme sie auf den Kinokanälen ansehen sollten, wurden beschwipst und albern und aßen sich fast ins Koma mit Frühlingsrollen, Schweinefleischpastete und tütenweise Chips. So blieben sie meist bis nach Mitternacht auf.

»Ihr kocht am Weihnachtstag gar nicht?«, fragte er, weil sie nichts davon erwähnt hatte.

Eloise schnaubte. »Früher schon, aber in einem Jahr, als ich ungefähr elf war, hat mein Dad deshalb die totale Krise gekriegt. Nichts klappte. Die Käsesoße für den Blumenkohl gerann, die Röstkartoffeln waren nicht durch, die Füllung hatte er komplett vergessen und dann brannte der Truthahn auch noch an. Es war das reinste Chaos. Deshalb kochen wir seither an Heiligabend, nur für den Fall, dass es noch mal eine Katastrophe wie die Große Truthahnapokalypse gibt. Außerdem klappt es genauso gut mit den ganzen Chips, den Frühlingsrollen und dem anderen Zeug, das wir ins uns reinstopfen.«

»Tja«, meinte Jamie, »dann bin ich ja froh, dass ihr keine Reste-zum-Abendessen-Familie seid, denn sollten wir tatsächlich eingeschneit werden, dann weiß ich, wir haben genug zu essen, um bis März durchzuhalten.«

»Haha, lach du nur. Ich weiß übrigens, dass du mir die Packung Mince Pies geklaut hast. Ich hab sie in der Papiertonne gesehen.«

»Woher weißt du, dass ich mir die nicht selbst gekauft habe?«

»Weil ich weiß, dass du nicht bei Aldi einkaufst.«

»Vielleicht war ich nur wegen der Mince Pies dort.«

»Wer's glaubt …«

Er hob ihre Hand an seine Lippen und küsste die Innenseite ihres Handgelenks. Ihre Hand fiel auf seine Schulter und ihre Finger waren immer noch ineinander verschlungen. Er war warm und roch irgendwie nach Gewürzen. Eloise merkte selbst, wie albern sie lächelte, während sie ihn ansah.

Draußen schneite es immer noch.

Noch ein Tag bis Weihnachten

Kapitel 15

Der Schnee war so weit geräumt worden, dass Jamilla nach Schottland fliegen konnte.

Und gestern waren Züge gefahren – eingeschränkter Betrieb mit Verspätungen und Störungen, aber auch Henry hatte es nach Hause geschafft. Am nächsten Tag würde alles gut laufen. Der Schnee schmolz schon wieder. Morgen würde er ganz weg sein, da war Cara sich sicher.

Sie hatte es hingekriegt, ins Büro zu kommen, wobei sie zwischen Zuhause und der U-Bahn und von der U-Bahn ins Büro übers glatte Eis schlidderte. Am Vierundzwanzigsten arbeiteten normalerweise nur wenige, und von denen hatte es nur die Hälfte wirklich bis ins Büro geschafft.

Nach dem Schneesturm am Sonntagabend hatte es zwar aufgehört zu schneien, aber die ganze Stadt versank in zentimeterhohem Schneematsch und fast jeder Gehweg und die Hälfte der Straßen war mit Glatteis überzogen.

Es schneite zwar nicht, aber es war immer noch bitterkalt. Und die Heizkörper in der Firma hatten heute entschieden, nicht richtig zu funktionieren.

»Die Rohre sind eingefroren oder so was. Das gesamte Gebäude ist betroffen, ich habe mich am Empfang erkundigt«, erklärte Marcus, der gerade wieder die Treppe hochgekommen war. »Aber – die gute Nachricht: Ich hole uns allen Kaffee. Möchte mir jemand helfen? Allein sieben Becher zu tragen und die Türen zu öffnen, das schaffe ich nicht.«

Freddie, einer der Social-Media-Gurus, stand auf. »Ich melde mich freiwillig!«

»Gut, Katniss, zieh dir deinen Mantel an«, lachte Marcus.

»Schickt mir eure Wünsche aufs Handy oder ihr bekommt alle Weihnachts-Lattes. Denn merken kann ich mir das nicht alles.«

Am anderen Ende des Büros spielte jemand laut Weihnachtsmusik. Überall hing Lametta – seit vergangener Woche war immer mehr aufgetaucht, als würden sich die verbleibenden Tage bis Weihnachten und die Menge an Lametta umgekehrt proportional verhalten. In der Teeküche standen eine Schachtel Celebrations und ein paar Mince Pies, die schon halb leer gegessen waren.

Und niemand – *niemand* – schien zu arbeiten.

Cara blickte auf, das allgemeine Geschnatter war laut und ging ihr auf die Nerven. Alle hatten ihre Laptops auf, die Computer eingeschaltet, E-Mails geöffnet, aber sie redeten quer durchs Büro miteinander, die Stimmen wurden immer lauter, je mehr von den Plänen für die nächsten Tage die Rede war.

Warum machten sie sich überhaupt die Mühe, ins Büro zu kommen, wenn sie nicht arbeiten wollten? Cara hatte so viel zu tun – vor allem, weil sie sich die nächsten zwei Tage ja freinehmen würde und dann noch das kommende Wochenende … Sie musste Artikel fertigstellen und Korrektur lesen, bevor sie termingerecht freigegeben werden konnten, und Textentwürfe auf Vorrat vorbereiten, und das Buchklub-Projekt musste auch noch ausgearbeitet werden …

»Was ist mit dir, Cara?«

»Hm?« Sie blickte weiter auf den Monitor. Permanent strömten E-Mails in ihren Posteingang. Wer arbeitete heute denn überhaupt? Es war Weihnachten. Sollten nicht alle schon bei ihren Familien sein? Warum meldete man sich ausgerechnet jetzt bei ihr, mit Ideen für Werbe-Artikel oder Feedback zu Texten, die Cara vorgeschlagen hatte? Ahnten diese Leute denn nicht, wie viel sie heute zu tun hatte?

»Wann fährst du zu deiner Familie?«

»Ähm, morgen. Ich fahre mit dem Bus zu meiner Schwester.«

»Morgen? Mit dem *Bus*?«

Sie schrieb »morgen« in die E-Mail, die sie gerade abschicken wollte, und ärgerte sich über sich selbst, bevor sie das Wort wieder löschte.

Zum Glück übernahm Jen das Gespräch und lenkte so von Caras Reiseplänen ab. Cara blickte auf, schenkte Jen ein kurzes Lächeln und ein stummes »Danke«.

Dann kehrten Marcus und Freddie mit den Kaffees

zurück und sangen ein Weihnachtslied, und Cara verlor allmählich die Hoffnung, in den nächsten Stunden irgendetwas erledigen zu können, bevor Marcus alle früh nach Hause scheuchte, um bei ihrer Familie zu sein.

Cara aber hatte Besseres zu tun, als nach Hause in eine leere Wohnung zu fahren. Sie hatte noch so viel Arbeit vor sich. Ehe sie es merkte, war es halb drei, und Jen rüttelte an ihrer Stuhllehne. »Los, mach das Ding aus. Zeit, nach Hause zu gehen! Es ist schließlich Weihnachten!«

»Einen Moment noch«, nuschelte Cara. »Ich muss nur noch … das hier fertig machen …«

Jen drehte Caras Schreibtischstuhl um, und jemand anderes stürzte herbei und schnappte sich Caras Laptop, sodass sie entsetzt aufschrie. Es war Becky aus der Grafik, und unter Caras Protest klickte Becky den Laptop aus und klappte ihn dann zu.

»Keine Sorge, alles gespeichert, nichts ist verloren.«

»Das macht mir ja gerade Sorgen.«

»Cara.« Jen lehnte sich über den Schreibtisch. »Wann ist die früheste Deadline für all das?«

»Am Neunten.«

»Und wann bist du wieder im Büro?«

»Am Freitag.«

»Also hast du ganze zwei Wochen, um dich darum zu kümmern?«

»Aber …«

Jen griff hinter sich nach dem Laptop und reichte ihn Becky, die ihn in Caras Rucksack steckte. »So. Die

Arbeit ist für die Weihnachtstage erledigt. Und lass dich vor Freitag bloß nicht online erwischen. Du lässt das Ding zu Hause, wenn du zu deiner Schwester fährst, hörst du?«

Cara zwang sich zu einem Lachen, obwohl es ihr in den Fingern juckte, den Laptop wieder aus dem Rucksack zu holen und den Text, den sie gerade bearbeitet hatte, fertigzustellen. Es fehlten nur noch ein paar Hundert Wörter. Und nur noch zwei andere Artikel, die sie fertig machen wollte. Und …

»Ich glaube, sie kann es nicht lassen«, sagte Jen.

»Glaube ich auch.«

»Wer kann was nicht lassen?«, fragte Freddie und kam herüber, bereits gegen die Kälte draußen mit Touchscreen-freundlichen Handschuhen und Ohrenschützern gewappnet, die Tasche über einer Schulter baumelnd.

»Cara. An Weihnachten zu arbeiten.«

»Pfft. Nie im Leben. Das Mädchen ist ein Arbeitstier.« Er grinste sie an. »Sie würde den Laden hier auch allein schmeißen, wenn wir sie darum bitten würden.«

Die Art und Weise, wie anscheinend alle über sie dachten, brachte Cara auf die Frage, ob das tatsächlich so ein schlechter Ruf war.

»Ich mache doch nur meinen Job«, murmelte sie. War das denn so schlimm? Was war so falsch daran, eine hohe Arbeitsmoral zu haben?

»Es gibt harte Arbeit und es gibt Arbeit bis zum Umfallen, sodass man überhaupt keine Zeit mehr für etwas anderes hat. Süße, du musst dein Gleichgewicht finden«, sagte Jen behutsam.

»Wie wäre es, wenn du deinen Laptop und deine Unterlagen einfach hierlässt wie fast alle anderen?«, fügte Freddie hinzu.

»Weil ...«

»Marcus!«, rief Becky, als sie sah, wie er sein Büro verließ. »Marcus, gib uns bitte Rückendeckung. Sag Cara, sie soll ihren Laptop über Weihnachten hierlassen. Auf dich muss sie hören.«

»Aber ich ...«

»Kein Wenn, kein Aber, kein überflüssiges Gelaber«, sagte Marcus und hob die Hände. »Ich bin ganz bei ihr, Cara. Du brauchst eine Pause. Sonst brichst du irgendwann zusammen und dann haben wir ein Problem.«

»Du arbeitest schon viel zu lange bis spät in der Nacht«, sagte Jen und berührte sanft Caras Schatten unter den Augen. »Sieh dir diese Tränensäcke an. Die könnte man als zusätzliches Gepäckstück aufgeben.«

»Ach, hör auf«, lachte Cara auf, aber es fühlte sich nicht wirklich lustig an.

»Die Arbeit kann bis zum neuen Jahr warten«, sagte Marcus. »Erhol dich richtig, und wenn du aus dem Urlaub zurück bist, kannst du wieder voll anpacken. Wir wollen dich schließlich in Topform, wenn du Daves Position übernimmst. Und jetzt weg mit dem Ding in deinen Schreibtisch-Container und dann kommst du mit. Ich will das Büro zusperren und du hältst mich nur auf.«

Die Ansage von ihrem Chef – und die Bemerkung über die bevorstehende Beförderung – setzte Cara in Bewegung und sie schnürte ihren Rucksack zu. Nicht bevor Jen den Laptop wieder herauszog und in eine von Caras Schreibtischschubladen legte, zur Sammlung von Frühstücksriegeln, Teebeuteln und Notizbüchern. Cara wimmerte (sie wimmerte tatsächlich, zu ihrer Schande), ließ den Laptop aber trotzdem zurück.

(Es war ja nicht so, dass sie ihre E-Mails nicht auch auf dem Handy abrufen konnte.)

Zu fünft verließen sie das Büro und traten auf den eisglatten Gehweg vor dem Gebäude, wo Freddie prompt ausrutschte und geradewegs gegen einen Laternenpfahl prallte, aber rasch die Arme um ihn schlang, um auf den Beinen zu bleiben.

Jen kicherte. »Das ist ja wie in der *Muppets-Weihnachtsgeschichte*! Als Kermit an Weihnachten von der Arbeit kommt und Schlittschuh läuft!«

Alle lachten, und Cara wusste, dass Eloise in der Situation genau das Gleiche gesagt hätte. Zögernd streckte Freddie einen Fuß aus, um besseren Halt auf dem Gehweg zu bekommen. Marcus und Becky mussten in die andere Richtung, also verabschiedeten sie sich voneinander und wünschten sich ein frohes Weihnachtsfest.

»Unglaublich, dass du mich so gedemütigt hast«, raunte Cara Jen zu, als die beiden in der U-Bahn saßen, weil Freddie eine andere Linie nehmen musste.

»Du hast einen ordentlichen Tritt in den Hintern gebraucht«, sagte Jen und reckte das Kinn vor. »Das tut dir nicht gut, was du machst.«

»Mir geht's gut! Mit mir ist alles in Ordnung. Es sei denn, es ist plötzlich ein Verbrechen, seinen Job zu mögen.«

»Ja, im Moment noch, aber wenn du so weitermachst wie bisher, wirst du in sechs Jahren in einer Klinik landen. Und dann musst du mit dreißig in Frührente gehen. Und ans Meer ziehen, weil dir die frische Luft guttut, und deine Schwester wird bei dir wohnen, um dich mit Rinderbrühe zu füttern und dir Decken stricken, damit du nicht frierst.«

»Du hast schon wieder *Little Women* gelesen, nicht wahr?«

Jen rollte mit den Augen, bestritt das jedoch nicht. »Ich mein's echt ernst. Alle sagen das, nicht nur ich. Dass du zu viel arbeitest und dich das krank macht. Sogar Marcus.«

»Tratscht ihr etwa hinter meinem Rücken über mich?«

»Das ist kein Tratsch! Wir machen uns bloß Sorgen um dich. Man muss dich zwingen, Urlaub zu nehmen, Cara. Das ist nicht normal.«

Cara knabberte an der Unterlippe.

Wenn man es recht betrachtete … hatte Jen vielleicht ein kleines bisschen recht. Aber auch nur ein *winziges* bisschen.

Die restliche U-Bahn-Fahrt schwiegen sie, aber beide mussten an der gleichen Haltestelle umsteigen. In einem ruhigen Teil der Station, abseits des Tunnels und der Rolltreppen, blieben Jen und Cara kurz stehen.

»Ich wollte dich nicht ärgern«, sagte Jen.

»Hast du nicht. Ehrlich.« Cara lächelte wie zum Beweis. »Du hast nur ... meine Perspektive auf die Dinge etwas verschoben. Wie auch immer. Warte mal – ich habe ganz vergessen, dir dein Geschenk zu geben.«

Jen lachte. »Oh, toll. So gern ich auch schenke, ich glaube, ich finde es noch ein bisschen schöner, ein Geschenk zu bekommen.«

Daraufhin fischten beide in ihren Rucksäcken. Cara zog ein Geschenkset von Lush heraus, das sie eigenhändig für Jen eingepackt hatte, komplett mit einer leicht zerknitterten Schleife. Jen postete auf Instagram immer Fotos von sich mit irgendwelchen Badebomben, die sie gerade ausprobierte, also würde ihr das Geschenk bestimmt gefallen.

Das Paket von Jen für Cara war irgendwie unförmig und klobig, an manchen Stellen weich und an anderen fest.

»Was zur Hölle ...?«

Jen schüttelte ihr Päckchen und schaute Cara in die Augen. »Ich wette, das ist ein Hund.«

Cara hob ihr Geschenk hoch. »Und ich wette, das ist ein Buch.«

»Oh, ich werde dich echt vermissen! Klar schreib ich dir, aber – ich werde dich vermissen!« Jen umarmte sie fest und lachend erwiderte Cara die Umarmung. »Fröhliche Weihnachten, Süße!«

»Dir auch. Und gute Reise heute Abend!«

»Und dir, morgen früh!«

Sie steckten die Geschenke in die Rucksäcke und umarmten sich noch einmal, bevor sie sich auf den Heimweg machten. Cara war froh, in der Bahn einen Sitzplatz ergattert zu haben, sie drückte den Rucksack auf dem Schoß an sich und beobachtete die Leute im Waggon.

Gestresst wirkende Männer in Anzügen, die stirnrunzelnd auf ihre Handys starrten und offenbar immer noch arbeiteten.

Außerdem kichernde Grüppchen, die mit Lametta geschmückt waren und Rentier-Haarreifen trugen.

Leute mit Weihnachtsmannmützen und in Weihnachtspullis, mit roten Köpfen, ein wenig gelangweilt, die einfach nur irgendwo *ankommen* wollten, wo auch immer *irgendwo* war.

Müde Pärchen und Familien, die sich aneinanderkuschelten und leise miteinander redeten.

Da waren nervöse Last-Minute-Shopper, die völlig erledigt, aber vor allem erleichtert wirkten mit ihren zwischen die Beine geklemmten Taschen und Einkaufstüten.

Cara betrachtete alle, nahm all das in sich auf und fragte sich, in welche Kategorie sie wohl fiel. Sie wusste, wenn sie jetzt ihren Laptop hätte, würde sie arbeiten. Sie wusste, Eloise würde jetzt loskichern, selbst wenn sie nichts getrunken hätte.

Und sie wusste, wäre George hier, würden sie eines der verknallten, süß aussehenden Paare abgeben, die Händchen hielten, die Köpfe aneinandergelehnt, und die sich einfach nur anschauten und glücklich waren.

Noch acht Stunden bis Weihnachten

Kapitel 16

Als Cara sie anrief, um ihr zu sagen, dass sie es nicht vor dem Nachmittag des ersten Weihnachtstags nach Hause schaffen würde, fühlte Eloise sich wieder an die zurückliegenden Wochen erinnert.

Denn jetzt war es vier Uhr nachmittags an Heiligabend, und sie hatte den Truthahn im Ofen, während Rosenkohl, Blumenkohl und Brokkoli vor sich hin köchelten. Und da sagte Cara, die verdammte Cara, dass sie vielleicht morgen auch gar nicht kommen würde.

»Ich verstehe dich nicht«, sagte Eloise, drehte die Temperaturen am Herd runter und ging ins Wohnzimmer. »Sag das noch mal.«

»Ich bin mir einfach nicht sicher.« Cara biss sich dabei wahrscheinlich auf die Lippe und vielleicht drehte sie sich auch eine Haarsträhne um die Finger. »Bei den vereisten Straßen und dem Schnee, der noch runterkommen soll. Es ist ja noch mehr angesagt, weißt du? Zu Hause schneit es auch schon.«

»Und? Was soll's, wenn du hier eingeschneit wirst. Wäre das das Ende der Welt?«

Cara zögerte lange genug, um deutlich zu machen, wie sie das sah.

Eloise stieß einen bellenden Lacher aus. »Verstehe.«

»Ach, jetzt komm schon. Sei nicht so. Es heißt sogar schon, dass mein Bus eventuell ausfällt, wenn es auf den Straßen zu gefährlich wird. Und für heute Abend kriege ich nirgends eine Fahrkarte. Da ist alles schon ausgebucht.«

»Die Züge fahren.«

»Äh, ja, aber … Also, vielleicht klappt es ja morgen. Ich meine, wahrscheinlich schon. Ich will nur sagen, wenn nicht …«

Aber den Preis eines Zugtickets war es nicht wert. Nicht für Weihnachten. Nicht, um ihre Zwillingsschwester zu sehen.

»Weißt du was, Cara? Lass gut sein. Mach dir keinen Kopf. Wer braucht verdammt noch mal schon Weihnachten? Und was kümmert mich das?«

»Ich komme dann in ein paar Tagen. Bei der nächsten Gelegenheit. Dann bleibe ich stattdessen über Silvester. Wir können Weihnachten ja auch nachfeiern.«

»Ich habe den Truthahn schon im Ofen!«

»Warum? Ich wäre doch vor morgen Mittag sowieso nicht da gewesen. Und wie groß ist der verdammte Vogel denn?«

»Ich dachte, ich mache ihn heute, damit es morgen kein Stress ist. So, wie Dad es immer macht, dann ist er schon fertig, egal wann du kommst, selbst wenn es später wird. Aber ist schon okay. Bleib in London.

Mach all die Arbeit, die du in der großen, leeren Wohnung ganz allein erledigen kannst. Lass Weihnachten einfach ausfallen. So wie alle anderen auch.« Sie wollte schon auflegen, als Cara loslegte.

»Das ist nicht fair, Eloise. Ich versuche nur, vernünftig damit umzugehen. Es ist ja nicht so, dass ich nicht kommen will –«

»Verschon mich mit diesem Bullshit!«, schnauzte sie in ihr Handy. »Wir wissen alle, dass du zu Weihnachten eigentlich nicht kommen wolltest. Du bist einfach zu sehr mit deinem verdammten Job beschäftigt. Du hast schon kaum Zeit für deinen Boyfriend und schon gar nicht für deine Schwester.«

»Ich nehme mir sehr wohl Zeit für ihn! Und für dich auch! Du bist doch diejenige ohne ein soziales Leben, die sich jeden Abend in ihrer Wohnung einigelt oder praktisch jedes zweite Wochenende zu Mum und Dad nach Hause fährt. Das ist ja nicht meine Schuld.«

Eloise schnaubte. Als ob das ihre Schuld war. »Wir können eben nicht alle so gut darin sein, überall, wo wir hinkommen, eine neue beste Freundin zu finden.«

»So ist das überhaupt nicht bei mir. Und du hast eine Menge Freundinnen.«

»Nein, ich habe eine Menge von *deinen* Freundinnen. Wie immer schon. Die sind nur mit mir befreundet, weil ich immer dabei war.«

»Das ist doch lächerlich.«

Sie wusste nicht einmal mehr genau, wie sie so weit von Caras gefährdeten Reiseplänen abgekommen waren. Aber jetzt konnte Eloise sich nicht mehr zurückhalten. Der Damm war gebrochen und es gab praktisch kein Halten mehr.

»Nein, ist es nicht. So war es ja schon immer. Aber das ist okay. Nur geh jetzt nicht auf mich los, weil ich nicht so extrovertiert bin wie du. Und tu nicht, als wäre es meine Schuld, dass ich Weihnachten alleine verbringe, weil es dir nicht zuzumuten ist herzukommen. Und weil du denkst, dass dein Job so verdammt wichtig ist. Glaubst du, allen anderen ist ihr Job egal?«

»Du willst mich wohl verarschen!«, zischte Cara. Eloise hörte, wie ihre Schwester wütend wurde. Ihr Ton war jetzt schärfer und lauter. »Einige von uns müssen tatsächlich hart arbeiten, damit es funktioniert, El. Einige von uns müssen sich echt anstrengen. Denn für einige von uns ergibt sich nicht alles hübsch wie von selbst.«

»Seit wann hat sich denn bei mir alles hübsch wie von selbst ergeben?«

»Schon immer! Du musstest in der Schule nie viel lernen. Ich war diejenige, die sich anstrengen musste, um mit dir mitzuhalten. Und du hast schon immer so getan, als würde man dich ungerecht behandeln.«

Das hatte sie nicht. Oder doch? Nein, hatte sie nicht.

»Tja, vielleicht hätte ich das nicht getan, wenn du dich nicht wie eine Märtyrerin aufgeführt hättest. Es zwingt dich ja keiner, so hart zu arbeiten.«

»Alle mussten sich um dich kümmern, als Josh mit einer anderen abgehauen ist. Aber vielleicht hätte er das ja nicht getan, wenn du nicht manchmal so eine undankbare Bitch wärst.«

Eloise geriet ins Taumeln, blinzelte und kriegte den Mund nicht mehr zu. Hatte Cara das wirklich gerade gesagt? Sie biss die Zähne zusammen und umklammerte das Handy so fest, dass ihre Fingerknöchel weiß wurden.

»Tja, dann entschuldige, dass ich versucht habe, Weihnachten zu retten, nachdem du es ruiniert hast.«

»Ich kapier einfach nicht, warum du so eine große Sache daraus machst! Wir treffen uns alle sowieso bald wieder. Und es ist ja nicht so, als ob ich diesen Urlaub für Mum und Dad gebucht hätte. Und es ist auch nicht meine Schuld, dass du so wehleidig bist, weil Josh nicht mehr da ist. Obwohl du einen wirklich tollen Typen direkt gegenüber wohnen hast.«

»Hast du dir jemals überlegt, dass ich vielleicht deshalb so oft zu Mum und Dad fahre, weil ich Heimweh habe, es hasse, so allein zu sein, und weil ich dich vermisse? Hast du jemals drüber nachgedacht, wie beschissen es sich für mich anfühlt, dass es dir nicht mal wichtig genug ist, an Weihnachten nach Hause zu kommen?«

»El …«

»Ich wünsch dir ein Merry Fucking Christmas in London, Cara.«

Dann legte sie auf, bevor Cara sich noch verteidigen konnte, und brach in Tränen aus.

Ihre Schwester war ein ganz schrecklicher Mensch, der Weihnachten ruiniert hatte.

Eloise heulte eine ganze Zeit Rotz und Wasser, während sie auf dem Küchenfußboden saß. Mit dem

Rücken an der Heizung schaute sie dem Truthahn im Ofen zu, bis der Timer klingelte. Schließlich rieb sie sich mit den Händen übers Gesicht, schnäuzte sich in ein Taschentuch, das sie in der Schürzentasche gefunden hatte. Mühsam kam sie auf die Beine und ging ins Bad, um sich mit kaltem Wasser das Gesicht zu waschen.

Man sah ihr an, dass sie geweint hatte. Die Augen waren rot und verquollen. Die Nasenspitze so rot wie bei Rudolph. Ihre Wangen wirkten ein bisschen fleckig.

Aber sie sah auch aus wie bereit für ein Weihnachten, das nicht mehr stattfinden würde. Die Ärmel ihres Weihnachtspullis hatte sie bis über die Ellbogen hochgeschoben. Die Schürze war fleckig von Wasser und Butter. Das Haar hatte sie zu einem hohen Bun frisiert, aber aus dem war schon einiges herausgerutscht. Die Hälfte hing ihr in den Nacken und einzelne Strähnen standen in alle Richtungen ab. Die kleine Brandwunde, die sie sich vor einer Stunde am Unterarm zugezogen hatte, war immer noch rot und schmerzte. Sie strich ein bisschen antiseptische Salbe drauf. Das half noch besser als eine gute Tasse Tee. Damit ließ sich alles heilen.

Außer Weihnachten.

Dieses Weihnachten war nicht mehr zu retten.

Bei dem Gedanken stiegen ihr wieder Tränen in die Augen, aber dann klopfte es an der Tür, bevor sie wieder losheulen konnte. Eloise wischte sich noch mal mit den Händen übers Gesicht, als könnte sie die Röte so zum Verschwinden bringen. Schließlich gab sie auf und ging an die Tür.

Wahrscheinlich war das Jamie. Er hatte gesagt, er würde noch kurz vorbeischauen, bevor er losfuhr.

Sie hoffte, dass bei diesem Abschied kein Sex im Spiel wäre – immerhin hatte sie ein Weihnachtsessen vorzubereiten.

(Auch wenn keiner da war, um es zu essen.)

Noch dazu sah sie mies aus und fühlte sich auch so.

Jamies Gesicht sah seltsam aus, als sie die Tür aufmachte. Genervt, schlecht gelaunt. Eigentlich sah er genauso aus wie der pampige, grüblerische Nachbar, den sie kannte.

Doch was auch immer das war, es verschwand rasch, als er sie ansah. Jetzt hatte er eine besorgte Miene. »Hast du etwa geweint?«

»Zwiebeln«, log sie. Sie wollte ihn nicht damit aufhalten, die ganze Geschichte zu erzählen. Und sie wollte ihm auch nicht ihre Traurigkeit aufhalsen, wo er in ungefähr zwei Stunden zu Hause sein und ein schönes Weihnachten mit seiner Familie haben würde.

Er sah nicht überzeugt aus.

»Bist du schon fertig zum Losfahren?«, fragte sie und trat einen Schritt zurück, weil sie sich nicht sicher war, ob er reinkommen würde. Er hatte weder seinen Anorak noch Winterschuhe an, sondern trug noch irgendwelche Schlappen. Seine Haare standen vorne vom Kopf ab, als wäre er genervt mit den Händen hindurchgefahren.

»Das *war* ich. Mein Dad hat eben angerufen. Es schneit richtig schlimm bei ihnen. Ich hatte nicht mal auf mein Handy geschaut. Meine Sorge war nur, dass der Wagen hier nicht einschneit und die Autobahnen noch befahrbar sind. Dabei haben meine Eltern schon seit Stunden versucht, mich zu erreichen. Ich vergesse einfach immer, dass auch die Vibration aus ist, wenn ich das Handy auf lautlos schalte.«

»Warum machst du das? Wer tut so was? Da verpasst du doch auch alle deine Nachrichten.«

»Klar. Ich bin ein Idiot. Jetzt habe ich Weihnachten ruiniert.«

»Moment mal – wie meinst du das? Weihnachten ruiniert?«

Wenn hier jemand Weihnachten ruinierte, dann war es doch sicher Cara und nicht er.

»Die Straßenverhältnisse zu Hause sind schon richtig schlecht. Mom will nicht, dass ich rausfahre. Sie macht sich Sorgen, dass ich irgendwo stecken bleibe, eine Panne oder einen Unfall habe. Und ich kann nicht mal mehr den Bus nehmen, weil die nicht mehr fahren. Mit Glück käme ich bis zur nächstgelegenen Stadt. Und von da sind es zwei Stunden zu Fuß. Oder in dem Schnee vermutlich länger.«

»Du meine Güte«, flüsterte Eloise und vergaß ihr eigenes Weihnachtschaos für einen Moment. »Was willst du jetzt tun?«

Er zuckte mit den Achseln. »Abwarten. Es soll in den nächsten paar Stunden aufhören zu schneien. Und wenn es gut geht, rücken die Leute dann aus und räumen einige Straßen, sodass ich fahren kann. Vielleicht muss ich es morgen noch mal versuchen. Ansonsten schnorre ich vielleicht ein bisschen Truthahn bei dir.« Er grinste dabei, doch sein Blick blieb traurig. Er wollte nach Hause und Eloise macht ihm deshalb keinen Vorwurf.

»Tja, hier wird es genug davon geben«, sagte sie und zwang sich, fröhlich zu klingen. Dann ging sie in die Küche und er folgte ihr. »Cara kommt nämlich nicht.«

»Hä?«

»Yup. Sie kommt nicht. Ihr Bus wurde wegen vereister Straßen gestrichen und mit dem Zug fährt sie nicht. Sie meinte, sie käme stattdessen zu Silvester. Was bedeutet, wir verbringen beide den morgigen Tag allein. Oder vielleicht zusammen. Wie ist das für eine neue Beziehung? Da haben wir noch nicht mal entschieden, ob wir offiziell zusammen sind, und verbringen schon Weihnachten zusammen.«

Jamie schwieg kurz, aber lange genug, sodass sie sich nach ihm umdrehte. Er sah sie verlegen an und rieb sich das Kinn. »Soll ich diese Bemerkung über unseren Beziehungsstatus einfach ignorieren?«

»So hab ich das nicht gemeint.«

»Yeah, ich weiß. Aber ich meine, wo du es schon ansprichst …« Jamie zog sie vom Herd weg, ergriff ihre Hände und ging auf ein Knie. »Eloise, möchtest du offiziell meine Freundin sein?«

»Sei nicht albern«, sagte sie, verdrehte die Augen und zog ihn wieder hoch. Aber ihr wurde trotzdem ganz warm ums Herz, wie das immer passierte, wenn er sie so anlächelte. Sie gab ihm einen Kuss auf die Wange. »Also gut. Weil du so nett gefragt hast.«

»Meine Mum meinte, ich soll dich zu Weihnachten mit nach Hause bringen, weißt du«, sagte er und öffnete auf der Suche nach irgendeinem Snack ihren Kühlschrank. Er erwähnte das so beiläufig, dass Eloise einen Moment brauchte, um es zu kapieren.

»Wirklich?«

Jamie zuckte mit den Achseln, gab die Suche auf und machte den Kühlschrank wieder zu. »Ich meine, du wolltest Weihnachten ja eigentlich mit Cara verbringen. Deshalb hab ich gar nicht davon angefangen. Aber wenn sie es nicht schafft und ich nach Hause fahre, kannst du doch mitkommen. Wenn du möchtest.«

Eloise lächelte, aber nur kurz. »Das ist ein wirklich liebes Angebot, versteh mich nicht falsch, aber …«

»Du wolltest mit deiner Schwester feiern. Nein, das verstehe ich. Gehen denn überhaupt keine Züge?«

»Dafür müsste sie mehr als zehn Pfund bezahlen«, murmelte Eloise und spießt wütend eine Karotte im Topf auf. Beinahe durch, immerhin. Sie sollte sich bald um die Kartoffeln kümmern. Besser, sie schälte sie gleich.

»Aber … warum kochst du dann immer noch ein Weihnachtsessen?«

»Wenn ich das wüsste.«

Weil sie, offen gestanden, nicht wusste, was sie sonst tun sollte.

Und weil sie verdammt noch mal nicht auf ihr Weihnachtsessen verzichten würde. Selbst wenn sie die ganze nächste Woche lang Reste essen musste. Obwohl es ja jetzt so aussah, als würde sie vielleicht mit Jamie und seiner Familie feiern. Was auch nicht schlecht wäre. Tatsächlich war es sehr süß, denn scheinbar hatte er so viel von ihr erzählt, dass seine Mum auf die Idee kam, vorzuschlagen, dass er sie über die Feiertage mitbringen sollte. Es war nur … nicht das, was sie sich vorgestellt hatte. Nicht so, wie es in diesem Jahr sein sollte. Nicht wenn Cara Weihnachten allein verbrachte.

»Ich kann das einfach nicht glauben.« Seufzend griff Jamie nach dem Wasserkessel. Er hob ihn hoch, zog die Augenbrauen in die Höhe und sah sie fragend an. Eloise nickte. Ein Tee konnte jetzt definitiv nicht schaden.

Oder ein Baileys. Schließlich war ja schon Weihnachten.

»Ich meine, die ganzen Jahre hatten wir nie Schnee vor März und jetzt kommt innerhalb einer Woche so viel runter wie in den letzten acht Jahren zusammen. Und ausgerechnet zu Weihnachten. Weiße Weihnachten können mir gestohlen bleiben. Warum hatte das nicht wenigstens bis Januar Zeit? Wenn ich nicht sowieso schon Urlaub habe, sondern noch Extra-Urlaub kriegen würde, weil das Büro dichtmachen muss.«

»Aber du liebst deinen Job doch.«

»Das bedeutet ja nicht, dass ich nicht auch mal gern einen gemütlichen Tag auf der Couch habe. Apropos …«

»Ja, ja, du kannst den Fernseher einschalten. Nur nicht *Outlander*.« Damit hatten sie am Vorabend angefangen. »Ich muss in den nächsten Stunden immer mal wieder in die Küche und ich habe keine Lust, auch nur ein bisschen davon zu verpassen.«

Es war seltsam, wie selbstverständlich ihr das schon über die Zunge kam. Und das jemandem gegenüber, mit dem sie letzten Monat noch kaum ein Wort gewechselt hatte.

Ein Typ, der jetzt offiziell ihr Freund war.

Trotz allem, was schiefgelaufen war, ließ dieser Gedanke ihr Herz höherschlagen.

»Gibt es irgendwelche Weihnachtsfilme, die du auf keinen Fall sehen willst? Ich wollte mir *Arthur Weihnachtsmann* ansehen. Den liebe ich.«

»Ooh, ja! Mach den an.« Davon konnte sie ruhig ein paar Momente verpassen; sie hatte ihn schon oft genug gesehen.

»Darf ich schon einen von deinen tollen Keksen?«

»Es ist noch nicht Weihnachten!«

Er wollte irgendwas erwidern, ließ es dann aber doch bleiben. Womöglich hatte er sagen wollen, sie solle nicht albern sein oder dass es Cara bestimmt nichts ausmachen würde. Aber er behielt es für sich. Stattdessen sagte er: »Alles klar, Chefköchin. Kekse sind tabu. Oh – oder soll ich dir beim Kochen helfen? Sorry. Das hätte ich wahrscheinlich als Erstes anbieten sollen. Unter diesen Umständen werde ich bestimmt von der langen Liste deiner Gäste fürs Weihnachtsessen gestrichen.«

»Nope. Ich habe hier alles unter Kontrolle.«

Cara mochte ihr alles andere an Weihnachten in diesem Jahr verdorben haben, aber es war ausgeschlossen, dass Eloise deshalb in der Küche nachlässig wäre. Sie brauchte weder ihre Eltern noch einen Freund oder ihre doofe, sturköpfige Workaholic-Schwester.

Sie würde ein perfektes Weihnachten haben.

Selbst wenn sie es allein feiern musste.

Noch fünf Stunden und acht Minuten bis Weihnachten

Kapitel 17

Cara fühlte sich mies. Schrecklich. Wie der schlechteste Mensch auf Erden.

Und sich die Disney-Version von *A Christmas Carol – Die Nacht vor Weihnachten* anzuschauen, war auch nicht gerade hilfreich. Ständig dachte sie, dass sie wie Scrooge war, genauso schlimm wie er, allerdings würde sie wohl nicht von drei Geistern besucht werden, die ihr halfen, ihr Verhalten über Nacht zu ändern.

George hielt die DVD an. »Na gut. Raus mit der Sprache. Red mit mir. Du bist schon den ganzen Abend traurig und mürrisch und hast kaum ein Wort gesagt.«

Als George zur Tür hereingekommen war, hatte sie ihn gebeten, nicht zu fragen, und bis jetzt hatte er sich daran gehalten.

Seit fast zwei Stunden.

Cara schossen sofort die Tränen in die Augen, und sie spürte, dass ihr Mund bebte. Daraufhin knabberte sie an der Unterlippe und blickte auf ihre Hände, die sie gedankenverloren rang. »Ich bin der schlechteste Mensch überhaupt. Eloise hasst mich.«

»Warum? Hast du vergessen, ihr ein Geschenk zu besorgen?« Georges Lächeln verblasste schnell. »Sorry. Mieser Zeitpunkt für einen Scherz, schätze ich.«

»Das kannst du laut sagen«, murmelte Cara. »Sie hasst mich. Sie hat gesagt, ich soll mir nicht die Mühe machen, an Weihnachten zu kommen.«

George rief entsetzt: »Was? Deine Schwester?«, und er stotterte ein bisschen dabei. »Ich kenne sie zwar nicht, aber das glaub ich nicht. Es ist Weihnachten. Das Fest der Liebe. Was auch immer vorgefallen ist, sie wird nicht lange sauer auf dich sein. Wenn du morgen erst mal da bist, ist alles vergessen.«

»Das ist es ja gerade! Ich habe ihr erklärt, dass ich vielleicht nicht komme, wegen des Wetters, und dass ich nicht weiß, ob ich es überhaupt schaffe, und dass mein Bus ausfallen könnte, und sie ist direkt ausgeflippt. Ich meinte, ich würde in ein paar Tagen kommen, wenn man wieder normal verreisen kann und der Schnee weg ist, und sie schrie mich daraufhin bloß an. Es war furchtbar. Ich bin furchtbar. Ich hätte einfach nichts sagen sollen. Ich hab geahnt, es würde sie nur aufregen.«

»Warum hast du es dann getan? Es könnte doch trotzdem noch alles klappen.«

»Ich wollte es ihr einfach sagen. Sie vorbereiten. Ich rechne nämlich schon damit, dass ich nicht fahren kann, also dachte ich, ich warne sie lieber. Ich dachte, es wäre das Beste so. Dann haben wir gestritten und ich hab sie eine undankbare Bitch genannt und sie hat aufgelegt. Nicht dass ich es ihr verdenken könnte.«

Cara hatte versucht, Eloise noch einmal telefonisch zu erreichen. Sie hatte Nachrichten auf jeder App geschickt, die sie beide besaßen. Aber Eloise ignorierte sie. Was nur recht und billig war, dachte Cara, aber … normalerweise versöhnten sie sich immer gleich nach einem Streit. Und es war Weihnachten.

Das hier war keine der üblichen Streitereien zwischen den beiden. Allein der Gedanke daran verursachte Cara Bauchweh. Glaubte Eloise wirklich, dass Cara es besser hatte als sie selbst oder dass sie ihr Zuhause bei den Eltern nicht auch manchmal vermisste? Eloise war durch die Schule und die Universität gerauscht und hatte danach sofort zu arbeiten begonnen. Cara hatte Dutzende Absagen auf ihre Bewerbungen erhalten, manchmal bis in die frühen Morgenstunden neue geschrieben, bevor sie auch nur ein Vorstellungsgespräch bekam. Und jetzt wollte Eloise ihr vorwerfen, dass sie so viel härter arbeiten musste, um es genauso weit gebracht zu haben?

Trotzdem hätte sie sie wahrscheinlich nicht als undankbare Bitch bezeichnen sollen.

Das ging zu weit.

Cara war froh, dass George noch da war, so konnte sie sich etwas Luft verschaffen. Sowieso war er in den vergangenen Stunden eine gute Ablenkung gewesen.

Georges Dad hatte ihn eigentlich abholen wollen, aber wegen einer seit Wochen bestehenden großen

Baustelle unterwegs und dem Glatteis … war es nicht dazu gekommen. In weiser Voraussicht hatte sich George für den nächsten Morgen ein Taxi reserviert.

Das hätte ich auch tun sollen. Ein verdammtes Taxi für die gesamte Strecke nach Doncaster reservieren.

Hätte sie sich ganz auf Weihnachten konzentriert, hätte sie sich den bescheuerten Anruf bei Eloise sparen können.

George gab ihr einen Kuss auf die Schläfe, schlang die Arme um sie und zog sie näher zu sich. Cara saß zwischen Georges Beinen auf dem Sofa. Er stützte den Kopf auf ihre Schulter, ihre Gesichter berührten sich.

»Es ist sinnlos, jetzt schon in Panik zu verfallen«, sagte er sanft und strich ihr mit einer Hand über die Haarspitzen. »Vielleicht ist es morgen neun Grad warm und die Sonne scheint. Wenn es um Schnee geht, liegt die Wettervorhersage fast immer falsch, glaub mir. Eloise regt sich sicher nur darüber auf, dass du morgen vielleicht nicht da bist, aber sie will, dass du da bist. Natürlich will sie das.«

»Sie war so sauer …«

»Sie hat sich aufgeregt«, korrigierte er und klang so überzeugend, dass Cara es ihm abnahm, obwohl er das Telefonat gar nicht mitbekommen hatte. »Warte einfach morgen früh ab, ja? Und falls du wirklich eingeschneit sein solltest, kann sie doch gar nicht sauer auf dich sein.«

Wie hatte er das angestellt? Sie einfach so dazu gebracht, sich nicht mehr so viele Sorgen zu machen, sodass sie sich entspannte? Wie ein Zaubertrick.

Aber er hatte recht. Er musste einfach recht haben.

Denn es ging um Eloise. Ihre Zwillingsschwester. Sie waren normalerweise nie länger als ein paar Stunden wütend aufeinander, und was auch immer es war, es verflog immer, und bald danach lachten sie darüber.

Andererseits – so richtig gemein war Cara zu Eloise noch nie gewesen, und sie hatte auch noch nie angedeutet, Weihnachten ausfallen zu lassen und deshalb der Grund dafür zu sein, dass Eloise ihr Lieblingsfest ganz allein verbringen musste.

Sie wird nicht allein sein, sagte Cara entschlossen zu sich selbst. *Weil ich es schaffen werde hinzufahren. Ich werde Weihnachten mit meiner Schwester verbringen und dafür sorgen, dass sie nicht allein ist. Ich schaffe das. Ich bringe das alles wieder in Ordnung.*

George küsste sie auf die Wange und schaltete den Film wieder an.

Und so schaffte es Cara sogar, den Rest des Films richtig zu genießen.

Erster Weihnachtstag, 6 Uhr 22

Kapitel 18

Es war schön, am Weihnachtstag mit jemand aufzuwachen, befand Eloise, nachdem sie sich umgedreht und Jamie neben sich entdeckt hatte. Einen Sekundenbruchteil bevor sie richtig wach war, hatte sie vergessen, dass er da war. Jetzt musste sie lächeln. Er sah auch im Schlaf gut aus – selbst wenn er ein klein wenig sabberte, wie jetzt gerade.

Aber wenn sie ehrlich war, sah er immer gut aus.

Sie begriff immer noch nicht, wie sie das früher hatte übersehen können. Die ganze Zeit, als sie schon einander gegenüber gewohnt und kaum geredet hatten. Er war einfach zu schüchtern gewesen und sie zu beschäftigt mit Josh oder vielmehr damit, über ihn wegzukommen.

Josh kann mich mal, dachte sie jetzt. *Wer interessiert sich für Josh?*

Jamie dagegen: Jamie war hier, bei ihr, und so wunderbar.

Eloise küsste seine Nasenspitze und weckte ihn ein bisschen. Er blinzelte verschlafen, holte Luft und schmatzte mit den Lippen, während er den Kopf ein Stückchen vom Kissen hob. Das war nicht attraktiv, aber irgendwie doch. Wie schaffte er das bloß?

»Merry Christmas«, flüsterte sie grinsend.

Er murmelte irgendwas Unzusammenhängendes, das wohl »Merry Christmas« heißen sollte.

Jamie war gestern als Erster eingeschlafen. Er war dageblieben, weil das Wetter hier und in Nottingham sich im Laufe des Abends weiter verschlechtert hatte. Es tat Eloise leid für ihn, aber insgeheim freute sie sich auch ein bisschen. Es war nett gewesen, gestern Abend nicht allein zu sein.

Und es war auch schön, heute Morgen Gesellschaft zu haben.

Nachdem er eingeschlafen war, war sie noch mal aufgestanden und hatte Strümpfe für sie beide gefüllt. Sie hatte ihm ein paar Sachen gekauft – hauptsächlich Kleinigkeiten: Schokolade, eine Pudelmütze, einen *Game of Thrones*-Schlüsselanhänger, Stifte, die wie Laserschwerter aussahen. Schließlich tat sie noch ein paar Orangen und einen Teebecher dazu, den sie als Reservegeschenk für die Kollegen in der Schule gekauft hatte. Alles zusammen reichte für einen Strumpf.

Für sich selbst nahm sie ein paar kleine Geschenke von den Sachen, die ihre Eltern ihr eingepackt hatten.

Als Jamie richtig wach war und nach seiner Brille griff, hielt Eloise es kaum noch aus. Vielleicht war es nicht das Weihnachten, das sie sich vorgestellt hatte, aber immerhin.

Wenn es nach ihr ging, war es immer noch der beste Tag des Jahres.

Und wer brauchte Cara? Eloise würde ein großartiges Weihnachten ganz für sich allein haben (oder eben mit Jamie).

Jamie küsste sie lächelnd. Sein Kinn fühlte sich an ihrer Wange rau an. »Morgen.«

»Ich hab einen Strumpf für dich«, verkündete sie und stieg aus dem Bett. Erst nahm sie ihren Bademantel vom Haken an der Schranktür, dann holte sie die zwei Strümpfe vom Fußende des Betts. »Ignorier einfach, dass Cara draufgestickt ist. Ich hatte keinen anderen.«

»Was – wie hast du das –?«

»Sieht so aus, als hättest du dieses Jahr auf der Liste der braven Kinder gestanden«, verkündete sie. Er fuhr sich lachend mit einer Hand durchs Haar. »Es sind nur Kleinigkeiten, und ich weiß ja, dass du früh losfahren willst. Aber ich dachte mir – immerhin ist Weihnachtsmorgen und deshalb solltest du einen Strumpf bekommen.«

»Oder war es ein guter Grund, auch einen für dich zu machen?«, neckte er sie und nahm den Strumpf freudig entgegen.

»Ja, das auch.«

Jamie küsste sie wieder. Diesmal länger. Sie spürte ein Prickeln, als verliefen Stromkabel direkt unter ihrer Haut.

Okay, sie war bereit zuzugeben, dass Weihnachten sich gar nicht so schlecht anließ. Bis jetzt.

Dann griffen sie in ihre Strümpfe. Jamie schälte gleich eine Orange und bot ihr immer wieder Stücke davon an. Die Hälfte von Eloises Geschenken waren Socken oder Kleinigkeiten von Body Shop. Sie freute sich, dass ihre Mum sich gemerkt hatte, dass sie diese Abschminktücher von Neutrogena liebte. Dann war da noch ein Paar Ohrringe, die genau ihr Stil waren. Als sie auf eine Schokoladen-Orange von Terry's stieß, schlug sie sie, wie es sich gehörte, auf der Ecke ihres Nachttischs auf und bot Jamie einige Stücke davon an.

»Das ist unglaublich«, sagte er und knüllte alles Geschenkpapier zu einem großen Ball zusammen, nachdem er es vorsichtig geschüttelt hatte, um nicht aus Versehen ein Geschenk zu übersehen. Dann küsste er sie, wieder und wieder, drückte Küsse auf ihre Wange, ihre Nase, einfach überallhin, wo er drankam. Sie musste kichern und nahm sein Gesicht in die Hände, damit sie ihn richtig küssen konnte. Dabei drückte seine Brille gegen ihr Gesicht und verrutschte.

»Ganz ehrlich, danke. Das war der perfekte Start in einen vermurksten Weihnachtstag.«

»Genau das hab ich mir auch gerade gedacht.«

»Ich geh mal Tee kochen. Und ich weiß, du hast Eier und alles Mögliche da – was sagst du zu pochierten Eiern? Und Sandwiches mit Bacon, wie ihr sie normalerweise habt, oder?«

»Das ist lieb von dir«, meinte sie lachend. »Aber ich glaube, mir reicht ein bisschen Toast. Ich bin nicht besonders hungrig.«

Jamie kicherte und rollte sich halb auf sie. Dabei rutschte die Brille ihm ein Stückchen von der Nase und seine Haare kitzelten sie im Gesicht. »Mir würde schon was einfallen, damit du Appetit bekommst …«

»Ich dachte, du müsstest früh los?«

Er schaute auf den Wecker. »Das hat noch Zeit.«

»Äh, Eloise?«

Sie lachte. Es war ja nicht so, als ob er sie nicht schon nackt gesehen hätte. Aber jetzt klopfte er an, während sie unter der Dusche stand. Sie wusste selbst nicht, was sie daran so lustig fand.

»Was denn?«

»Vielleicht möchtest du mal aus dem Fenster schauen.«

Eloise runzelte die Stirn. Sie fragte sich, was das jetzt wieder zu bedeuten hatte und warum es so dringend war. Aber sie ging ans andere Ende der Wanne, weg vom heißen Wasserstrahl, und spähte am Rollo des Badezimmerfensters vorbei nach draußen.

Schnee.

So. Viel. Verdammter. Schnee.

»Sieht doch nach weißen Weihnachten aus!«, rief Jamie durch die Tür.

Das konnte man wohl sagen.

Wie sollte Jamie da nach Hause kommen? Wie sollte Cara es hierherschaffen? (Nicht dass sie es überhaupt versuchen würde, erinnerte Eloise sich rasch, nachdem sie sich gestern so gestritten hatten.) Trotzdem fragte sie sich: War Cara in London eingeschneit? War es nur in ihrer Straße so schlimm oder in der ganzen Stadt? So viel Schnee war gar nicht vorhergesagt gewesen.

Die Autos sahen wie missratene Marshmallows aus. Vollkommen zugeschneit. Man sah weder die Straße noch den Gehweg noch die Stelle, wo beide aneinanderstießen. Eloise konnte ein Stück den Hügel hinunterschauen, über ihren kleinen Vorort, und alles, was sie sah, waren weiße Dächer, weiße Straßen und weiße Bäume. Weiß, weiß, *weiß*.

Warum mussten es nach all den Jahren ausgerechnet diesmal weiße Weihnachten sein? Wirklich in jedem anderen Jahr war sie mit ihren Eltern und Cara zu Hause gewesen und da wäre es egal gewesen. Nein, es hätte den Tag nur noch viel magischer gemacht.

Denn es sah ja wirklich magisch aus. Glitzernd im blassen Licht der Straßenlaternen wirkte die Welt ein bisschen stiller als sonst um diese Morgenstunde.

Eloise liebte Schnee. Neulich war sie draußen spazieren gewesen, hatte kleine Schneemänner gebaut und Cara Snapchats davon geschickt, wie sie dabei *Willst du einen Schneemann bauen?* sang.

Aber heute nicht.

Warum musste das heute sein?

Sie duschte fertig, aber ihre Stimmung war in den Keller gerauscht. Mit finsterer Miene kam sie im Bademantel und die Haare in ein Handtuch gewickelt aus dem Bad. Jamie machte gerade Frühstück – pochierte Eier und Toast, dazu Bacon. Sein Gesichtsausdruck passte zu ihrem.

»Was willst du jetzt tun?«, fragte sie ihn leise.

»Keine Ahnung.«

»Ich habe einen Schneeschieber. Wir könnten versuchen, für dein Auto den Weg bis zur Hauptstraße frei zu machen. Dort liegt vielleicht weniger.«

»Vielleicht.« Er seufzte. »Das ist so verdammt typisch. Zu Hause schneit es nicht mal mehr. Die Straßenlage ist dort auch nicht mehr so schlimm, wo schon Leute gefahren sind.«

Sie biss sich auf die Lippe und wusste nicht, was sie sagen sollte, außer: »Tut mir leid. Ich weiß, wie übel es ist, Weihnachten nicht so zu feiern, wie man es geplant hat.«

»Was wird Cara denn machen?«

Eloise zuckte mit den Achseln. Sie hatte allen *Guten Morgen* und *Frohe Weihnachten* getextet. Doch dann war sie duschen gegangen, bevor irgendwer geantwortet hatte. Selbst wenn sie sich gestern nicht so gestritten hätten, bezweifelte sie, dass Cara heute kommen würde. Oder Morgen. Oder auch nur an diesem Wochenende. Sie kannte ihre Schwester. Die würde in London bleiben und arbeiten wollen.

»Tja«, meinte sie schließlich und bemühte sich, das Positive daran zu sehen, »immerhin haben wir einen Truthahn als Weihnachtsessen.«

Erster Weihnachtstag,
6 Uhr 31

Kapitel 19

Peng!

Irgendetwas Leichtes rieselte auf Caras Gesicht und ihr Haar, und sie schoss blitzschnell auf, rang nach Luft, und ihr Herz zog sich zusammen.

George lachte sie an und hielt ein Knallbonbon in der Hand, aus dem gerade die dünnen Luftschlangen auf Caras Kopf gelandet waren. »Fröhliche Weihnachten!«

Sie warf ein Kissen nach ihm. »So weckt man doch niemanden! Ich hätte einen Herzinfarkt bekommen können!«

»Ach, komm. Ohne Knallbonbons ist doch gar nicht richtig Weihnachten!«

»Äh, doch, das geht, und so machen wir das auch bei uns. Streng genommen gehören die zu nämlich zu Silvester, was meine Familie betrifft.«

»Pah. Da liegst du aber völlig falsch.« George setzte sich neben sie aufs Bett und gab ihr einen Kuss. Cara richtete sich zu ihm auf und lächelte gegen seine Lippen. »Dir auch frohe Weihnachten«, murmelte sie, lehnte sich dann wieder zurück und stupste ihn scherzhaft an. »Auch wenn ich wegen dir fast einen Herzinfarkt bekommen hätte. Wie spät ist es eigentlich? Ich hab den Wecker gar nicht gehört.«

Sie mussten beide früh aufstehen, um zu ihren Verwandten zu fahren, also hatte Cara den Wecker auf sieben Uhr gestellt. Die nächsten paar Stunden würde sie im Bus verbringen, da musste sie sich nicht unbedingt in Schale werfen. Vielleicht würde sie sich ein wenig schminken, wenn sie bei Eloise angekommen war, für die Fotos, die sie auf Instagram posten und an ihre Eltern schicken wollte.

Falls sie sich überhaupt entschied, zu Eloise zu fahren.

»Es ist halb sieben. Ich weiß, *ich weiß*, es ist noch früh, aber ich wollte dir dein Geschenk geben, bevor ich gehe.«

»Ooh. Jetzt bin ich wach. Übrigens, fang immer mit den Geschenken an, George. Nicht mit Knallbonbons.«

»Was hätte ich denn stattdessen tun sollen? Dir das Geschenkpapier wie Riechsalz unter die Nase halten?«

Sie verzog das Gesicht und tat so, als würde sie darüber nachdenken. »Ja, das hätte wohl funktioniert.«

George lachte, stand auf und ging zu seinen Reisetaschen, die an der Wand lehnten, und holte Caras Geschenk heraus. Es war schmal, viereckig. Dann setzte er sich auf seiner Seite des Bettes im Schneidersitz auf die Bettdecke, bereit, Cara das Geschenk zu überreichen.

»Nein, nein, warte! Zuerst deins!«

Sie öffnete eine Schublade der Kommode neben dem Bett und reichte es ihm. Ein Pullover, von dem sie meinte, er würde ihm stehen (und hoffte, er würde passen), und sie hatte ihm eine Box mit unterschiedlichen Kaffeesorten besorgt, die er bei sich zu Hause mit seiner Kaffeemaschine probieren konnte. Nichts Aufregendes, aber sie fand, dass es trotzdem aufmerksame Geschenke waren.

Das schien er auch zu finden und grinste breit, nachdem er die Geschenke ausgepackt hatte, er begutachtete zunächst die Kaffeebohnen und zog dann das T-Shirt aus, um den Pullover anzuprobieren. Cara stellte erleichtert fest, dass er passte, und stammelte daraufhin etwas vom Kassenbon und dass sie nicht beleidigt wäre, wenn der Pulli George nicht gefiel und er ihn zurückgeben oder umtauschen wollte.

Mit einem schnellen Kuss brachte er sie zum Schweigen. »Er gefällt mir gut. Danke, Cara.«

Dann öffnete sie ihr Geschenk. Es wirkte zuerst wie ein Buch, was sie stutzen ließ, denn sie hatten bisher nicht so viel über Bücher geredet (abgesehen davon, dass sie immer von ihrem Buchklub schwärmte).

Es war eine Art Tagebuch. Ein Planer, mit einem Abschnitt für Finanzen und To-do-Listen und Aufklebern und Post-its. Klar, ein wenig unhandlich, aber es deckte jeden Aspekt ihres Lebens ab.

»Du sagst doch immer, dass du einfach keine passende App findest, um dich zu organisieren, also dachte ich mir, du könntest es so versuchen.«

»Einfach perfekt.« Das war es: Cara mochte den

Planer sehr. George hatte sie geschenketechnisch definitiv übertroffen, um Längen. Sie warf die Arme um ihn und küsste ihn, schmiegte ihr Gesicht an seins und strahlte. »Aber du weißt, du hättest mir gar nichts schenken müssen. Ehrlich. Ich wäre schon allein mit dir glücklich gewesen.«

»Versuchst du etwa, Mariah Carey zu zitieren, um süß zu klingen?«

Das hatte sie nicht vorgehabt. Cara war einfach nur ehrlich. Doch als er sie darauf hinwies, kicherte sie und streckte ihm die Zunge heraus. George lächelte, seine Frisur war ein einziges Chaos, nachdem er sich gestern Abend die Haare gewaschen, aber nicht gestylt hatte – Cara war so an Georges ordentlich zurückgekämmtes Haar gewöhnt, dass sie erstaunt war, wenn er anders aussah. Er trug Boxershorts mit Rentier-Aufdruck und immer noch den neuen Pullover, den sie ihm gekauft hatte, und seine Finger strichen gedankenverloren über ihre.

Cara öffnete den Mund, schloss ihn dann aber wieder, ohne etwas zu sagen.

Sie waren erst seit ein paar Wochen richtig zusammen. War es da nicht zu früh, um so etwas zu sagen? Würde sie sich nicht lächerlich machen, wenn sie es so früh schon sagte?

Eloise würde das verneinen und auf die Stelle in *Tatsächlich … Liebe* hinweisen, als Natalie dem Premierminister in ihrer Weihnachtskarte ihre Liebe erklärt. Eloise würde sie ermutigen, es George zu sagen. Es einfach auszuspucken.

Aber Cara war noch nie zuvor verliebt gewesen. Sie hatte vor George noch nie eine *echte* Beziehung gehabt. Und sie hatte solche Angst, es zu vermasseln und ihn zu verlieren.

George sagte etwas, und sie war so in ihre Gedanken versunken, dass sie es nicht mitbekam. Sie blinzelte ihn an. »Hm? Was hast du gesagt?« Er schmunzelte, bewegte sich aber ein wenig unbehaglich hin und her. »Keine Ahnung, ob du wirklich nicht zugehört hast, oder ob du dich bloß über mich lustig machst.«

»Ich hab's wirklich nicht mitbekommen. Tut mir leid. Ich war grad in Gedanken.«

»Ich sagte, ich glaube, ich liebe dich. Nein – eigentlich, weißt du was? Vergiss das *ich glaube*. Denn ich liebe dich wirklich. Ich liebe deinen permanent abgeplatzten Nagellack und dass du zu viel zu tun hast, um ihn in Ordnung zu bringen, und die Art, wie begeistert du über deinen Job sprichst, und ich liebe dich, obwohl du denkst, dass Phoebe und Joey in *Friends* hätten zusammenkommen sollen.«

Sie lachte. »Sehr großzügig von dir.« Cara küsste ihn. Eine Hand an seiner Wange, die Nasen aneinandergedrückt, genoss sie den Schauer, der über ihren Rücken jagte, als George den Kuss erwiderte. Sie konnte nicht genug davon bekommen, ihn zu küssen.

»Kommt jetzt der Teil, wo ich dir sage, dass ich dich auch liebe?«

»Nicht wenn du es nicht so meinst.« Er blinzelte ein paar Mal, vom vielen Küssen war er ein wenig atemlos.

»Dann ist es ja gut, dass ich es auch so meine«, antwortete Cara. Dann, die drei Wörter klangen seltsam aus ihrem Mund und mit ihrer Stimme, so sachlich, aber sie fühlten sich an wie die wunderbarste und natürlichste Sache der Welt, die man zu George sagen konnte: »Ich liebe dich.«

»Und ich dachte schon, es könnte heute gar nicht mehr besser werden als diese Kaffeebohnen.«

Das konnte doch nicht wahr sein.

Das konnte einfach nicht wahr sein.

Caras Bus fuhr. Zwar mit einer Umleitung und nur bis Nottingham, aber er fuhr. Sie saß darin – schon seit einer Stunde. Anders als vorausgesagt hatte es in den vergangenen Tagen nicht mehr geschneit, Gott sei Dank. Sogar das Eis war ein wenig getaut.

George hatte es bereits nach Hause geschafft: Sein Taxi hatte ihn am Morgen bei Cara abgeholt, kurz bevor sie zum Busbahnhof aufgebrochen war, und nach einem sehr, sehr langen Abschiedskuss und weiteren gekicherten und schwindelerregenden »Ich liebe dich«.

Cara war immer noch nicht ganz überzeugt, dass Eloise sie überhaupt bei sich wollte, aber sie hatte vorhin eine gut gelaunt klingende Nachricht mit »Frohe Weihnachten!« erhalten, zusammen mit einem Bericht darüber, dass Jamie wieder über Nacht geblieben war und Eloise beiden Weihnachtsstrümpfe gefüllt hatte. Offensichtlich war Eloise nicht mehr allzu sauer auf Cara.

Zugegeben, diese Nachrichten waren alle in ihre kleine WhatsApp-Familiengruppe gepostet, aber trotzdem. Cara hatte sie eben auch erhalten.

Doch kein Wort dazu, dass Eloise sie bei sich haben wollte, aber Cara musste es einfach versuchen. Denn sonst war es ihre Schuld, dass Eloise den Tag allein verbringen würde.

Und als sie an diesem Morgen neben George aufwachte, musste sich Cara eingestehen, dass auch sie den Tag nicht wirklich allein verbringen wollte. Und dass sie die Sache mit Eloise wirklich, wirklich vermasselt hatte.

Aber jetzt war Eloise am Telefon, sie sprach mit hoher Stimme, schnell und panisch, die Wörter überschlugen sich so sehr, dass Cara Mühe hatte, etwas zu verstehen.

Eloise war eingeschneit.

Cara hatte sie eigentlich angerufen, um sich zu entschuldigen und zu sagen, dass sie unterwegs war, dass sie eine solche Idiotin gewesen war, aber Eloise schien das alles nicht zu interessieren. Sie holte kaum Luft, der Streit war vergessen.

Überall in den Midlands und im Norden lag Schnee, sagte Eloise, als hätte Cara das nicht schon gesehen, als sie den Wetterbericht auf dem Handy gecheckt hatte.

»Wie willst du denn herkommen? Ist dein Bus nicht gestrichen? Was hast du vor? Wohin fährt der Bus? Nimmst du dir ein Taxi?«

»Ruhig atmen«, antwortete Cara. »Der, in dem ich

jetzt sitze, fährt bis Nottingham. Dort soll es dann einen Bus nach Newcastle geben, in den ich umsteigen werde. Der soll über Doncaster fahren.«

»Na ja, ich bezweifle, dass er sehr weit kommt, aber selbst wenn – wie willst du vom Busbahnhof zu mir kommen? Ich bin völlig eingeschneit. Jamie ist los, um sein Auto frei zu schaufeln und zu schauen, ob er fahren kann, aber ich glaube nicht, dass das klappt. Er ist bis zur Hauptstraße gelaufen und selbst die ist total zugeschneit. Niemand ist hier unterwegs.«

»Ich werde schon ein Taxi kriegen«, entgegnete Cara etwas geistesabwesend, denn es war schon klar, dass es dazu nicht kommen würde. So wie sich die Lage anhörte, könnte sie von Glück sagen, überhaupt bis zum Busbahnhof von Doncaster zu kommen.

»Es tut mir sehr leid, Cara, es tut mir so leid, ich habe nicht mal dran gedacht, aus dem Fenster zu schauen. Wir haben nicht mit Schnee gerechnet, und ich habe nicht mal daran gedacht nachzusehen, und – oh Gott, ich fühle mich schrecklich. Ich hätte dir eine Nachricht schicken sollen, bevor du in den Bus steigst. Kannst du vielleicht mit einem anderen Bus zurück nach London fahren? Ich glaube nämlich nicht, dass heute irgendwelche Züge gehen. Soll ich das online mal checken?«

»Nein, nein, ist schon okay«, sagte Cara, »ich habe hier auch gutes Netz und mein Akku ist voll und ich habe das Ladekabel dabei. Ich kann selbst nachsehen.«

»Sicher? Es tut mir so leid!«

»Warum tut es dir leid? Ich bin doch diejenige, die

zu geizig und stur war, um schon gestern loszufahren. Oder am Wochenende. Hätte ich mir freigenommen – oder meinetwegen auch von zu Hause gearbeitet, wäre ich längst da. So hätte ich's machen sollen. Und ich bin diejenige, die Mum und Dad auf die dumme Idee gebracht hat zu verreisen und …«

»Oh, hast du heute schon mit ihnen gesprochen? Ich hab ihnen gesagt, dass wir uns später per FaceTime sehen, mit uns beiden, wenn du hier bist, aber das war, bevor ich das mit dem Schnee mitbekommen habe. Herrje, siehst du, wenn Mum und Dad daheimgeblieben wären, wäre alles gut. Du könntest einfach direkt nach Hause fahren!«

»Shit. Ich hätte meinen Haustürschlüssel mitnehmen sollen! Dann hätte ich wenigstens eine Nacht dort bleiben können oder so. Verdammt, daran habe ich gar nicht gedacht. Und nein, ich habe Dad nur eine Nachricht geschickt, dass ich im Bus sitze und so. Willst du sie vielleicht jetzt anrufen? Ich telefoniere später mit ihnen, wenn ich nicht im Bus sitze.«

»Okay.«

Daraufhin schwiegen Cara und Eloise einen Moment …

»Es tut mir leid.«

Das sagten sie gleichzeitig, schwiegen dann erneut kurz und lachten auf.

»Nee, lass mal«, sagte Cara. »Das ist nicht deine Schuld. Es sei denn, du hast plötzlich die Rollen getauscht und bist jetzt Elsa, und in Wirklichkeit der Grund für diesen Shitstorm. Ich meine, Schneesturm.«

»Nein, ich bin immer noch Anna. Und das war lustig. Und dir braucht es auch nicht leidzutun.«

»Doch. Ich hätte das über Josh nicht sagen sollen oder dass du undankbar bist. Ich hab's nicht so gemeint.«

»Ja, ich weiß«, gab Eloise leise und nur wenig überzeugt zurück. »Ich hätte nicht auf dich einreden sollen, dass du dir eine Auszeit nehmen musst. Ich weiß ja, wie viel dir diese Beförderung bedeutet.«

»Frieden?«

»Frieden.«

»Schick mir eine Nachricht und schreib mir, wie Jamie im Schnee vorankommt«, sagte Cara.

»Okay. Und du sag Bescheid, wenn du am Busbahnhof in Nottingham bist und wie es von da weitergeht.«

»Mach ich.« Sie verabschiedeten sich und legten auf, Cara wippte ungeduldig mit einem Bein, sodass ihr Handy auf dem Knie hüpfte.

Sie musste zu Eloise.

Auf die eine oder andere Art.

Und das würde sie auch schaffen.

Erster Weihnachtstag,
11 Uhr 20

Kapitel 20

Na gut, es war nicht das *schlimmste* Weihnachten, dass sie sich hätte vorstellen können. Jamie war hier, was einen Riesenunterschied machte.

Und er war nicht knatschig oder grummlig oder der launische Nachbar, für den sie ihn früher gehalten hatte – er beschwerte sich nicht. Er wirkte sogar ziemlich zufrieden, mit ihr die DVD von *Phantastische Tierwesen und wo sie zu finden sind* zu sehen. Sie konnte gar nicht glauben, dass er den noch nicht gesehen hatte. Er stellte ihr dauernd Fragen, zu denen sie bemerkte, er würde die Antworten darauf bereits wissen, wenn er die Bücher gelesen hätte. (Darüber war sie noch immer nicht hinweggekommen.)

Doch Eloise wusste, dass er heute nicht hatte hier sein wollen. Er hatte mit seiner Familie über FaceTime gesprochen und sie einander vorgestellt. Dazu hatte er sie am Arm festgehalten und ihr das iPad in die Hand gedrückt, als sie versucht hatte, aus dem Zimmer zu gehen, um ihm ein bisschen Ruhe und Privatsphäre zu lassen.

Aber ein Videochat war eben nur genau das. Nachdem sie ihre Eltern angerufen hatte, als er draußen war, um sein Auto frei zu schaufeln, konnte sie das nur bestätigen. Sie war tapfer gewesen und hatte nicht gejammert, geweint oder irgendwas, weil der Schnee Weihnachten ruiniert hatte.

Und das unter allen möglichen Dingen, die den Tag hätten ruinieren können, und bei allem, was in den letzten paar Wochen passiert war. *Schnee.* Das Magischste und Festlichste überhaupt. Das setzte dem Ganzen wirklich noch die Krone auf.

(Oder den Dächern eine Schneekrone, um genau zu sein.)

Jamie beschwerte sich nicht, aber sie wusste, er wäre gern zu Hause bei seiner Familie.

Genauso wie sie sich wünschte, Cara wäre hier.

»Um wie viel Uhr möchtest du essen?«, fragte sie ihn.

»Wann immer du möchtest. Du bist die Köchin.«

»Es ist nicht mehr viel zu kochen. Die Gravy-Soße aufwärmen und dann kommt alles für ein paar Minuten in die Mikrowelle.«

»Ich kann immer noch nicht glauben, dass du sogar die Soße selber machst. Nicht mal mit Soßenpulver.«

»Weißt du nicht, wie man Gravy-Soße macht?«

»Nope. Mein Dad hat mir aber, als ich zwölf war, beigebracht, wie man ein Ei kocht.«

Eloise verdrehte die Augen. »Unglaublich.«

»Gravy ist ja schon ziemlich speziell. Ich kann ein gutes Bœuf Stroganoff. Und Risotto. Ich bin sehr gut in Risotto. Ich hab auch schon ein paarmal selber Brot gebacken und das war nicht mal schlecht. Aber ich schwör dir – du bist der einzige Mensch, den ich kenne, der Gravy-Soße selber macht«, sagte er und schnappte sich noch ein Dairy Milk aus der Schachtel Heroes. Das Einwickelpapier ließ er auf den Haufen in seinem Schoß fallen, der immer größer wurde.

»Vor lauter Schokolade wirst du gar nichts mehr essen können«, sagte Eloise und klang exakt wie ihr Dad.

Jamie lachte. »So was würde meine Mum auch sagen. Aber es ist Weihnachten. Ich schwör dir, der Tag macht was mit einem. Dein Magen *weiß* das einfach. An jedem anderen Tag des Jahres hättest du recht – ich wäre zu satt fürs Mittagessen. Ich wäre eigentlich schon zu satt von Frühstück, um all das hier zu essen. Aber mein Magen weiß, was für ein Tag heute ist. Ich wette, ich könnte einen ganzen Truthahn essen, wenn ich wollte. So wie Joey in dieser einen Folge von *Friends*.«

»Das ist genau das, was ich mir vorstelle.« Sie lachte und schwang die Beine vom Sofa, wo sie ihre Füße auf Jamies Knien abgelegt hatte. Dann sammelte sie die Einwickelpapierchen von ihnen beiden ein. »Es ist aber noch zu früh fürs Weihnachtsessen. Tee und Kekse?«

»Tee und Kekse könnte ich absolut vertragen.«

Sie holte die guten Kekse aus dem Küchenschrank. Sie waren aus dem kleinen Paket mit Lebensmitteln, das ihre Eltern für sie und Eloise gepackt hatten.

Eloise checkte noch ihr Handy, während das Teewasser kochte. Nichts von Cara.

Eloise rief sie an. »Bist du in einem Bus zurück nach London?«

»Dir auch hallo. Und ja, ich sitze in einem Bus.«

»Oh, gut. Ich hatte schon Sorge, du würdest dir irgendwo eine Übernachtung organisieren müssen und –«

»Und dass es kein Zimmer mehr im Premier Inn geben würde?« Cara lachte. »Mach dir um mich keine Sorgen, Süße. Mir geht's gut. Wie geht's denn Mr Darcy? Das ist ja schon eine ganz schön pärchenmäßige Sache, wenn man noch gar nicht offiziell zusammen ist, weißt du.«

Eloise merkte, wie sie rot wurde, weil Cara nur das aussprach, was sie selbst auch schon gedacht hatte. Sie schniefte hörbar und sagte: »Ihm geht's gut. Danke. Wir schauen gerade einen Film. Später mache ich das Essen. Und nur zu deiner Information, das ist nicht mehr der Fall. Er hat mich gefragt, ob ich seine Freundin sein möchte. Ganz ordnungsgemäß, dass du's nur weißt.«

»Moment mal. Was? Wann ist das denn passiert?«

»Gestern. Es war alles sehr spontan und hinreißend und natürlich habe ich ihm gesagt, das wäre albern.«

Cara quietschte vor Begeisterung ins Handy. »Hat Mr Darcy nicht daran gedacht, vorher unseren Vater um Erlaubnis zu fragen? Mama wird außer sich sein. Weißt du, es ist allgemein –«

»Hör bitte auf damit!«

»Wann gibt es das Festessen?«

»Äh, wahrscheinlich um eins. Wenn der Film zu Ende ist.«

»Was seht ihr denn? Ich hab nur die Netflix-Downloads auf meinem Handy. Und ich habe vergessen, mir irgendwas Neues runterzuladen. Also sehe ich mir dieselben drei Folgen von *Jane the Virgin* immer wieder an.«

Sie redeten noch ein bisschen, aber Eloise machte Schluss, als der Tee fertig war. Sie fühlte sich nicht gut. Es hatte auch nicht geholfen, mit Cara zu telefonieren. Ihr Streit war erledigt, erstaunlicherweise, und sie war froh darüber, aber … sie vermisste Cara deshalb nur noch mehr.

Sie hätten den Tag zusammen verbringen sollen, nicht meilenweit voneinander entfernt. Ihre Schwester sollte nicht den halben Tag damit zubringen, mit dem Bus hin und her zu gondeln. Das war nicht fair. Und es war nicht richtig. Nicht heute.

Eloise sah aus dem Fenster.

Es schneite schon wieder.

Weihnachten, 12 Uhr 26

Kapitel 21

Der Bus schaffte es bis in die Innenstadt von Doncaster – fast.

Als er sich der Stadt näherte, hatte er mindestens eine Stunde Verspätung, aber einige Straßen waren geräumt. Cara schätzte, dass es trotz des Schneefalls eine Menge Leute gab, die darauf bestanden hatten, heute zu verreisen.

Der Busbahnhof von Doncaster war allerdings ziemlich eingeschneit, sodass der Bus schließlich irgendwo an der Hauptstraße in Stadtnähe anhielt. Mit Cara stiegen eine Handvoll weiterer Leute aus und verteilten sich in unterschiedliche Richtungen. Cara schulterte ihren Rucksack und wuchtete den Seesack über ihren dicken Anorak, wobei sie ein wenig schwankte. Oh Gott, sie hätte Eloises Geschenke einfach direkt zu ihr schicken lassen sollen. Und sie wünschte sich, sie hätte verdammt noch mal Geld für einen Rollkoffer ausgegeben.

Und Schneeschuhe.

Und so was wie eine Skimaske fürs ganze Gesicht.

Ihre Augen tränten von der Kälte und sie vergrub die untere Gesichtshälfte in ihrem Schal, die Schultern zog sie hoch. Mit der Strickmütze auf dem Kopf, dem Schal, dem dicken Mantel und dem Weihnachtspulli, den sie darunter trug, sowie ihrem Gepäck kam es Cara vor, als würde sie den ganzen Weg zum Taxistand watscheln wie eine Ente, wohin sie blindlings einem ebenfalls bepackten Pärchen vor ihr folgte.

Es war sehr still.

Still, da wegen des Schnees niemand unterwegs war. Cara war schon einmal durch die Innenstadt gelaufen, als sie Eloise früher besucht hatte, aber in diesem Licht wirkte alles ganz fremd. Anders und glitzernd. Der Schnee war ein paar Zentimeter hoch und knirschte unter ihren Füßen, während sie sich abmühte, weiter voranzukommen.

Wenigstens versuchte die Sonne, durch die Wolken zu dringen. Sie drückte die Daumen und hoffte, dass wie durch ein Wunder in den nächsten zehn Minuten der ganze Schnee schmelzen würde.

Das Handy surrte in ihrer Tasche, doch ausnahmsweise ignorierte Cara es. Definitiv nichts, was die Arbeit betraf: *Niemand* arbeitete heute und schickte ihr eine E-Mail. Vermutlich eine Nachricht von Freunden, die ihr schöne Weihnachten wünschten, oder Eloise, die wissen wollte, ob Cara schon wieder in London war.

Das Paar vor ihr stieg gerade in ein Taxi, als Cara die Straßenecke erreichte. Zwei weitere Taxis warteten, die beiden Fahrer standen in einem Wartehäuschen und rauchten.

Cara watschelte auf sie zu, zog einen ihrer Handschuhe aus und bereute es sofort: Ihre Hand würde in etwa zwanzig Sekunden erfroren abfallen. Gott, war das kalt. Sie ignorierte die Nachricht von Eloise und die wenigen anderen Benachrichtigungen auf ihrem Display und öffnete stattdessen die Notizen-App, um Eloises Adresse aufzurufen.

»Alles klar, Liebes?«

Sie drehte den Handy-Bildschirm in Richtung des Fahrers, der gesprochen hatte. »Ich möchte bitte zu dieser Adresse.«

Der Fahrer trat die Zigarette unter einem schweren, wasserdichten Winterstiefel aus. Caras Zehen in den Turnschuhen krampften sich zusammen, sie waren kalt und nass. Sie sollte sich wirklich ein paar richtige Schuhe für so ein Wetter besorgen.

Der Taxifahrer blies die Backen auf und schüttelte den Kopf auf eine Weise, dass Cara ganz mulmig wurde.

»Bitte.« Es war Cara furchtbar peinlich, dass ihre Stimme brach. Sie umklammerte das Handy fester, ihre Finger zitterten vor Kälte. »Was kostet die Fahrt? Ich zahle auch einen Zuschlag.«

Beide Fahrer lachten. »Liebes, weil Weihnachten ist, sind die Preise sowieso schon höher.«

»Ich weiß, aber – ich versuche, zu meiner Schwester zu kommen. Die Straßen müssen ja einigermaßen geräumt sein, wenn Sie hier auf Kunden warten, oder?«

»Ich bringe Sie so nah wie möglich zu dieser Adresse«, sagte der Taxifahrer, wirkte aber nicht völlig überzeugt. Er öffnete die Zentralverriegelung des Wagens und dann den Kofferraum. »Aber ich werde nicht riskieren stecken zu bleiben, wenn die Straßen nicht frei genug sind, okay?«

»Ja, ja, das ist vollkommen in Ordnung. Ich danke Ihnen. Ich danke Ihnen vielmals.«

»Her mit dem Gepäck. Dann bringen wir Sie mal zu Weihnachten nach Hause, nicht wahr?«

Der Taxifahrer brachte sie zum Ortsrand, zog dann die Handbremse an und drehte sich seufzend und mit mitfühlender Miene zu Cara um.

»Sorry, Liebes, aber viel mehr kann ich nicht tun. Sieht so aus, als wäre hier heute kaum jemand gewesen – zumindest nicht mit dem Auto.«

»Nein, das ist super. Hier ist gut. Ich danke Ihnen vielmals.« Cara blickte auf das Taxameter und kramte in ihrem Rucksack nach ihrem Portemonnaie. Sie war froh, daran gedacht zu haben, Bargeld mitzunehmen. Normalerweise hatte sie nur einen Notfallzwanziger und Karten dabei. Eigentlich lautete ja der Plan, dass Eloise sie vom Busbahnhof abholen sollte.

»Oh, nein, hören Sie – machen Sie sich darum mal keine Gedanken«, meinte der Fahrer, als Cara ihr Portemonnaie leerte, mit dem Notfall-Zwanziger und allem, um ihm ein paar Pfund Trinkgeld und das Wechselgeld zusätzlich zum Fahrpreis zu geben. Er wollte es ihr zurückgeben, aber Cara war schon dabei, die Tür zu öffnen.

»Ich habe Sie nicht gefahren, weil Sie mir etwas extra bezahlen wollten. Schließlich ist Weihnachten«, sagte der Fahrer. »Sie wollen ja nur zu Ihrer Familie.«

»Richtig«, entgegnete Cara lächelnd, »es ist Weihnachten.«

Da lachte der Taxifahrer und stieg aus, um ihr mit dem Gepäck aus dem Kofferraum zu helfen. »Sagen Sie bloß, Ihnen sind letzte Nacht drei Gespenster begegnet, und nun sind Sie fest entschlossen, ein wenig Gutes in der Welt zu tun?«

Cara nahm den Seesack, warf ihn sich über die Schulter und schob den Rucksack wieder an seinen Platz. »So was in der Art. Fröhliche Weihnachten.«

»Ihnen auch.«

»Weiterhin gute Fahrt«, sagte sie und begann, sich die Straße entlang in Richtung Eloises Wohnung zu schleppen. Cara kannte sich hier ein bisschen aus: Es gab einen Laden an der Ecke, zu dem sie und Eloise ein paarmal gelaufen waren, und sie erkannte vage den Weg durch die Häuser wieder. Sie wusste, dass es vielleicht noch fünfzehn, zwanzig Minuten Fußweg waren – unter normalen Umständen.

Und ihre Schwester würde jetzt bald das Weihnachtsessen auf den Tisch bringen. Kurz davor wollte sie bei ihr ankommen. Cara stellte sich vor, unmittelbar vor Eloises Weihnachtsessen aufzutauchen und sie gerade noch rechtzeitig zu überraschen, damit sie gemeinsam essen konnten, und alles wäre perfekt und idyllisch und wie im Film. Während der Busfahrten hatte sie viel Zeit gehabt, sich das auszumalen.

Doch damit das klappte, blieb ihr nicht mehr viel Zeit, deshalb biss sie die Zähne zusammen, stemmte sich gegen die Kälte und stapfte durch den Schnee, wobei der lange Anorak und der Seesack, der an ihren Oberschenkel schlug, sie daran hinderten, die Knie richtig hochzunehmen. Das war das intensivste Workout seit Monaten.

Cara tat ihr Bestes, um sich nicht von den anderen filmreifen Szenen in den Häusern, an denen sie vorbeikam, ablenken zu lassen. Kinder (und Teenager und Erwachsene und ganze Familien) spielten in den Vorgärten im Schnee, bauten Schneemänner, und offene Vorhänge und Jalousien gaben den Blick frei in Wohnungen, in denen bereits gegessen wurde. Und in manchen liefen die Kids aufgedreht herum, probierten die neuen Spielsachen aus und oder rissen weitere Geschenke auf.

Die hell erleuchteten Weihnachtsbäume in den Wohnungen gefielen Cara.

Sie war bereits an dem Laden an der Ecke vorbeigekommen und wusste, jetzt war es nicht mehr weit, aber sie musste stehen bleiben, atmete angestrengt und warf den Seesack auf die andere Schulter. Sie schwitzte unter all den Klamottenschichten, musste die Mütze abnehmen und sich mit der behandschuhten Hand über die Stirn wischen. Sie fühlte sich eklig verschwitzt. Ihre Lunge brannte und sie hatte Seitenstechen. Die Beine brachten sie fast um.

Warum war es nur so schwer, durch Schnee zu laufen? Sie würde verflucht durchtrainiert sein, sollte sie es tatsächlich bis zu Eloise schaffen.

Und verdammt, da war noch ein ganzer Hügel zu erklimmen, bevor sie das richtige Gebäude erreichte.

Cara zog einen ihrer Handschuhe mit den Zähnen aus und holte ihr Handy heraus. Sie musste jetzt erst einmal wieder zu Atem kommen. Wie machten das nur die Filmschauspielerinnen, wenn sie dermaßen beherzt durch den Schnee liefen? Wie konnte man *überhaupt* durch den Schnee rennen? Das kam ihr vor wie der größte Schwindel aller Zeiten.

Auf dem Display erschien eine Nachricht von Eloise, ein verpasster Anruf und eine Nachricht von George. Die las sie zuerst.

Ich mache mich gerade fertig fürs Weihnachtsessen. Wie läuft's bei dir? Hast du es schon zu Eloise geschafft?

Cara rief George zurück.

Gleich nach dem zweiten Läuten nahm er ab. »Alles klar? Bist du jetzt bei Eloise?«

»Äh, na ja fast. Ich bin nicht mehr weit weg.«

»Warum atmest du so schwer? Du klingst wie ein Serienmörder.«

»Ich bin einfach unglaublich unfit«, gestand sie. Viel weniger fit, als ihr bisher bewusst gewesen war. Der Bauchmuskelkurs, den sie einmal pro Woche mit Jen besuchte, brachte so was von gar nichts.

»Ich laufe zu Fuß.«

»Von wo aus?«

»Einfach durch den Ort. Gott, ist das ein großer Ort. Hast du eine Ahnung, wie groß der Ort ist? Auf Google Maps ist es winzig, aber das ist gelogen.«

George lachte. Im Hintergrund konnte sie Geplapper hören und irgendetwas, das im Fernseher lief. Dann das Geräusch eines Knallbonbons, an dem gezogen wurde, und Gelächter.

»Ich störe hoffentlich nicht beim Essen, oder?«

»Oh, nein! Mum macht gerade die Soße. Es ist alles … unheimlich gemütlich. Kein Streit. Ich glaube, Linas Unfall hat uns allen einen gehörigen Schrecken eingejagt. Ich hab ein paar Minuten. Du bist also zu Fuß zu deiner Schwester unterwegs? Das nenne ich wahren Einsatz.«

»Ich glaube immer noch nicht so ganz, dass sie mich wirklich sehen will.«

»Nehmen wir einfach mal an, du hast recht: Was soll sie denn tun? Dich zurück in den Schnee schicken?«

Vermutlich mit der Bemerkung, dass ich mir einen Eispalast bauen kann, um mich darin zu verstecken, dachte Cara. »Okay. Na ja. Ich sag dir Bescheid, wenn das passiert, und falls ich erfriere, weißt du, warum. Ich lass dich jetzt wieder zu deiner Familie. Ich möchte nicht, dass du zum Essen zu spät kommst. Das würde mein ganzes fleißiges, mustergültiges Image ruinieren, das ich für den ersten Eindruck bei deiner Familie vorbereitet habe.«

Wieder lachte George. »Viel Glück, dass du nicht erfrierst.«

Caras Atem hatte sich beruhigt und das Seitenstechen hatte größtenteils aufgehört, also verabschiedete sie sich von George und legte den Kopf in den Nacken, um sich umzusehen. Sie brauchte definitiv eine heiße Dusche, wenn sie bei Eloise ankam. Vom Tragen des verdammten Gepäcks taten ihr die Schultern und die Halsmuskeln weh.

Cara schaute zu dem Haus hinauf, vor dem sie stand.

Kein Licht, keine Bewegungen, keine offenen Vorhänge und kein Laut zu hören.

Eigentlich hatte sie einen Anblick erwartet wie bei einigen der anderen Häuser, eine andere Familie ähnlich ihrer eigenen am Tisch beim Festessen, zwei lächelnde Mädchen und ihre Eltern, genau so, wie es heute gewesen wäre, wenn Cara ihre Eltern nicht auf die Idee gebracht hätte, in den Urlaub zu fahren, und sie nach Hause gefahren wären.

Sie hatte Weihnachten verdorben, im Alleingang.

Das musste sie wiedergutmachen.

Erster Weihnachtstag,
13 Uhr 02

Kapitel 22

Das Essen war serviert. Eloise hatte zwei Teller mit allem beladen, was sie gestern vorbereitet hatte. Die Soße wärmte sie auf dem Herd. Jamie hatte seine Hilfe angeboten, doch sie hatte ihm erklärt, sie hätte alles im Griff.

Im Moment hängte er ihr Lametta wie eine Federboa um. Dazu sang er lauthals *Jingle Bell Rock,* das aus ihrem kleinen Bluetooth-Lautsprecher tönte.

Eloise versuchte lachend, ihn abzuschütteln. »Wegen dir landet noch Lametta in der Soße.«

»Das wäre doch mal was. Ein bisschen Glitzer.«

Sie lachte wieder und strahlte ihn über ihre Schulter hinweg an. Jamie besaß keinen Weihnachtspullover (was sie absolut skandalös fand). Aber zum Ausgleich hatte er sich immerhin Lametta um Kopf und Hals geschlungen. Über einem Ohr hing eine Christbaumkugel, die gefährlich schaukelte, während er herumtanzte, und jeden Moment runterzufallen drohte.

»Ach, komm her! Lass das!« Er griff an ihr vorbei,

schaltete den Herd aus und packte sie bei den Händen, während sie protestierte. »Tanz mit mir.«

»Vor zwei Minuten hast du noch gejammert, du wärst so hungrig.«

»Und jetzt will ich tanzen. Also komm.« Er wirbelte sie herum und sang wieder.

»Warte mal.«

Eloise schob seine Arme weg, legte den Kopf schräg und versuchte trotz der Musik zu lauschen.

»Da.«

Sie war sich sicher, es wieder gehört zu haben. Ein Klopfen.

»Ich schwör dir, es hat gerade an der Tür geklopft.«

Eloise schnappte sich ihr Handy und drückte bei der Musik auf Pause.

»Wahrscheinlich hat nur über uns jemand was fallen lassen.«

»Nein, ich … Pass du mal auf die Soße auf.«

Jetzt sang jemand. *Good King Wenceslas*. Das klang wie ein kleines Mädchen, das seine Stimme verstellte. Vielleicht war es das kleine Mädchen von unten, die Carols singen kam, um von den Nachbarn ein paar Mince Pies oder Ähnliches zu bekommen. Oder vielleicht auch nur eine Nachbarin, die frohe Weihnachten wünschen wollte. Wahrscheinlich nach ein bisschen zu viel Wein.

Eloise schob sich an Jamie vorbei, der genauso erstaunt guckte, wie sie sich fühlte.

Kaum hatte sie die Tür geöffnet, quietschte sie los und ihre Hände flatterten. Sie war froh, gerade nichts in der Hand zu halten. Vor allem nicht ihr Handy. Das wäre sonst wahrscheinlich gegen die Wand geflogen. Eloise schrie noch mal auf und schlug die Hände vor den Mund.

Dann kamen ihr die Tränen.

Cara lachte mit feuchten Augen, zuckte mit den Schultern und ihre Hände flatterten genauso aufgeregt wie die von Eloise.

Sie steckte in ihrem dicken Winteranorak, hatte einen Wollschal mehrfach umgebunden und trug die dazu passende Pudelmütze. Die schwarzen Lederhandschuhe waren die gleichen, die auch Eloise letzte Weihnachten von ihrer Tante bekommen hatte. Caras Gesicht war gerötet, einzelne Haarsträhnen standen unter der Mütze hervor. Ihre Jeans war feucht und unten voller Schnee. Die Schuhe sahen komplett durchgeweicht aus.

»Überraschung!«

»Was – was machst du denn …? Wie bist du – ich dachte, du wärst auf dem Weg zurück nach London!«

Cara lachte wieder, diesmal schon weniger unsicher. »Ich konnte meine kleine Schwester doch zu Weihnachten nicht allein lassen, oder? Selbst wenn du deinen Booty Call bei dir hast. Deinen Boyfriend. Oder wie auch immer du ihn nennen willst. Das zählt doch nicht. Oder jedenfalls nicht so viel wie ich.«

»Kleine Schwester? Entschuldige mal. Das sind nur dreizehn Minuten. Und außerdem bin ich definitiv die Reifere von uns beiden.«

»Liar, liar, pants on fire!«, rief Cara wie ein Schulkind.

»Du lieferst gerade selbst den Beweis dafür.«

»Du bist doch diejenige, die mich vor der Tür stehen lässt.« Cara zog geräuschvoll die Nase hoch. »Willst du mich nicht reinbitten? Ich bin schließlich gerade den ganzen Weg durch dein verdammtes Kaff gelaufen. Und das in Schuhen, die eindeutig nicht für dieses Wetter gemacht sind.«

»Oh Gott, ja, komm rein, komm. Ich … ich kann immer noch nicht glauben, dass du da bist!«

Cara hatte sich kaum durch die Wohnungstür geschoben, als Eloise noch mal losquietschte und ihrer Schwester um den Hals fiel. Cara versuchte wohl, die Umarmung zu erwidern, doch das war in dem dicken Anorak und mit all den Taschen schwer zu bewerkstelligen.

Jamie stand in der Tür zur Küche. Er lehnte mit verschränkten Armen am Türstock. »Das ist also die berühmte Cara.«

Eloise trat einen Schritt zurück. Cara grinste ihn an und nahm ihre Mütze ab. »Hey, alles klar?«

Jamie sah Eloise an. »Hast du deiner Schwester erzählt, ich wäre dein Booty Call? Und füllst du Strümpfe für alle deine Booty Calls?«

»Nur für die Guten.«

Er lachte.

»Ich würde dich ja umarmen, aber in dieser Marshmallow-Jacke kann man sich kaum rühren. El, was dagegen, wenn ich mich dusche? Und ich glaube, ich muss mir einen von deinen Weihnachtspullis leihen. Meiner ist total verschwitzt und eklig. Ihr habt ja keine Ahnung, wie anstrengend es ist, den ganzen Weg zu Fuß durch den Schnee zu laufen!«

»Meinst du, du kannst noch eine halbe Stunde aufs Essen warten?«, fragte Eloise Jamie.

»Nur wenn ich in der Zwischenzeit noch einen Mince Pie kriege.«

Sie lachte. »Du musst nicht extra fragen, nur weil meine Schwester jetzt hier ist. Schließlich hast du dich schon den ganzen Tag damit vollgestopft.«

Jamie gab ihr einen Kuss auf die Wange. »Dankeschöööön. Möchtest du Tee, Cara? Mit Milch? Zucker?«

»Der gefällt mir«, meinte Cara und zwinkerte Eloise zu. »Josh hat mir in den ganzen Jahren nie angeboten, Tee für mich zu kochen. Milch, aber kein Zucker, bitte. Danke.«

»Alles klar, Chef.« Jamie salutierte im Spaß und ging in die Küche. Cara folgte Eloise ins Schlafzimmer, wo sie erst ihre Taschen ablegte, dann aus dem Anorak schlüpfte und schließlich erleichtert seufzend die durchweichten Schuhe auszog. Eloise holte inzwischen schon Handtücher für sie aus dem Schrank.

»Wie hast du es überhaupt bis hierher geschafft?«

Cara erzählte, während sie die nassen Socken auszog, sich aus Pulli und Jeans herauswand und dann in Thermounterwäsche aufs Fußende des Betts fallen ließ. Wie sie erst noch einen zweiten Bus, dann ein Taxi genommen und die restliche Strecke zu Fuß gegangen war. Es war nicht so abenteuerlich, wie Eloise erwartet hatte. Doch Cara erzählte so, dass es heldenhaft und wundervoll klang. Ihre Augen strahlten. Als

Cara berichtete, dass sie bei irgendwelchen Nachbarn geklingelt und über die Gegensprechanlage erklärt hatte, dass sie ihre Schwester überraschen wollte, da schluchzte Eloise doch tatsächlich auf und musste auf einmal weinen.

Cara drückte ihre Hand. »Hey, reiß dich zusammen. Du ruinierst noch dein Make-up. Dann hast du den ganzen Glitter vom Lidschatten in den Augen.«

Eloise lachte auf und tupfte sich mit den Fingerspitzen vorsichtig die Augenwinkel trocken. »Ich kann einfach nicht glauben, dass du gekommen bist. Was ist denn mit der Arbeit? Was machst du, wenn du erst nächste Woche wieder zurückkannst?«

»Dann müssen sie eben ohne mich zurechtkommen«, verkündete Cara. Eloise schnappte vor Staunen nach Luft, doch da fügte ihre Schwester noch hinzu: »Ich habe ja mein Handy. Und mein MacBook. Damit kann ich, wenn nötig, auch von hier aus arbeiten.«

Eloise war nicht mal sauer deswegen. Sie gab Cara nur einen Klaps auf die Schulter und lachte. Dann warf sie ihrer Schwester die Handtücher zu. »Brauch nicht mein ganzes Duschgel auf, sonst bekommst du keinen Truthahn.«

Erster Weihnachtstag,
21 Uhr 34

Kapitel 23

Am anderen Ende des Sofas stöhnte Eloise. »Ich bin so satt. So voll.«

Sie griff nach der Dose Quality Street, angelte darin herum und zog ein leeres Bonbonpapier heraus.

»Welches Monster hat …«

»Ich wette, das war Jamie«, sagte Cara schnell. Offensichtlich zu schnell, denn Eloise blickte sie daraufhin argwöhnisch an.

»Der Jamie, der sagt, dass er die mit den ganzen Nüssen nicht mag? Du Satansbraten. So viel Anarchie anzustiften. Ich lasse dich in mein Haus, gebe dir Essen, an Weihnachten, und so dankst du es mir. Verabscheuungswürdig. Absolut und wahrhaftig verachtenswert.«

»Schmeiß mal eins rüber«, sagte Cara, ohne sich zu entschuldigen, und Eloise warf ihr eine ganze Handvoll Toffees zu – ein bisschen brutal, und sie verstreuten sich über Caras Schoß, eines fiel sogar zu Boden. Cara war ebenfalls pappsatt: Eloise hatte den gesamten Kühlschrank allein mit Resten des gigantischen

Weihnachtsessens voll, das sie gekocht hatte (und mit dem sie wahrscheinlich den halben Ort hätte verpflegen können), und zudem noch jede Menge Party-Häppchen. Sie hatten einen Mischmasch aus Wurstsemmeln und Truthahnsandwiches, Chips und Frühlingsrollen mit Ente sowie ein Stück Käse mit Cranberrys gegessen.

Was sie natürlich nicht davon abhielt, noch mehr Süßes zu naschen.

Wann, wenn nicht an Weihnachten, konnte man schon das Zehnfache der eigentlichen Tageskalorien zu sich nehmen?

Cara fragte sich, ob wohl noch Mince Pies da waren. Und dann fielen ihr die Mini-Käsekuchen-Häppchen wieder ein, die sie im Kühlschrank entdeckt hatte.

Jamie war etwas früher am Nachmittag aufgebrochen. Nach dem Mittagessen hatten sich ein paar Leute hinausgewagt, und Eloise hatte Jamie geholfen, sein Auto auf dem Parkplatz vom Schnee zu befreien. Die Straßen waren inzwischen geräumt, und selbst hier war es mittlerweile nicht mehr so schlimm, auch weil sich immer mehr Menschen auf den Weg machten. Vor ein paar Stunden hatte Jamie eine Nachricht geschickt, dass er heil zu Hause angekommen war. Er hatte zwar mindestens doppelt so lange gebraucht wie normalerweise, aber er hatte es geschafft, Weihnachten bei seiner Familie zu sein.

Und sosehr Cara ihn auch mochte, und sosehr es ihr gefiel, wie er und Eloise sich süß lächelnd und mit großen Augen, die nicht voneinander lassen konnten, ansahen, war sie doch irgendwie froh, dass er nun fort war. Nicht dass sie sich wie das fünfte Rad am Wagen vorgekommen war oder so, aber …

Aber irgendwie war es schon so, ein paar Mal, und jetzt war es schön, dass sie die letzten Stunden des Weihnachtstages allein mit ihrer Schwester verbringen konnte.

Außerdem war es ein bisschen peinlich gewesen, all die Geschenke auszupacken, während für Jamie nichts dabei war. Eloise hatte bereits die Hälfte ihrer Geschenke geöffnet, weil sie mit Cara überhaupt nicht mehr gerechnet hatte, und die andere Hälfte hatte sie für den Nachmittag aufgehoben, damit sie etwas hatte, worauf sie sich noch freuen konnte.

Eine Form der Zurückhaltung, die Cara niemals fertiggebracht hätte.

Es war schon ein Wunder, dass sie das Päckchen von Jen gestern nicht gleich in der U-Bahn aufgerissen hatte. (Jen war schlicht die beste Freundin von allen und hatte ihr all die kleinen Dinge für einen schönen Abend allein zusammengepackt – eine kleine Flasche Wein, flauschige Socken, eine Gesichtsmaske, Nagellack und einen weiteren weihnachtlichen Liebesroman.)

Nachdem Jamie nicht mehr da war, hatte Cara den Streit mit Eloise nochmals angesprochen und wollte sich noch einmal entschuldigen. Sie hatte ganz ehrlich nichts davon bemerkt, dass Eloise so sehr Heimweh hatte, und Eloise gab zu, erstaunt gewesen zu sein, dass Cara immer das Gefühl hatte, dermaßen schwer arbeiten zu müssen, um mit ihr mitzuhalten. Das hatte sie nie mitbekommen. Sie kriegten es zwar nicht ganz hin, nun über all das zu lachen, aber immerhin hatten sie sich ausgesprochen.

Kurz vor dem Festessen hatten sie per FaceTime ihre Eltern erreicht – um schnell die große Überraschung zu zeigen, nämlich, dass Cara es tatsächlich geschafft hatte, sich durch all den Schnee und die Umwege zu kämpfen, und wirklich das beste Geschenk war, das Eloise je erhalten hatte. (»Aber die Tasche von Ted Baker ist auch wunderschön, Mum, die finde ich auch toll!«)

Am späteren Nachmittag, als Jamie abgereist war und alle Geschenke ausgepackt waren, hatten sie noch einmal mit ihren Eltern per Video gechattet und sich diesmal fast eine Stunde lang unterhalten. Cara hatte sich Eloises iPad geschnappt, um zu zeigen, wie voll Eloises Kühlschrank und alle anderen Vorratsschränke waren, was ihren Dad minutenlang zum Lachen gebracht hatte.

»Na ja, ist ja auch gut so, wenn ihr eingeschneit seid.«

»Sehr *witzig*.«

Ihre Eltern wünschten sich einen vollständigen Bericht vom Weihnachtsfest ihrer Töchter, aber dann, nachdem Cara wissen wollte, wie das Hotel und der Strand waren, hatten die beiden pausenlos geschwärmt, kaum eine Atempause eingelegt und strahlend erzählt, dass beim Festessen spontan Weihnachtslieder angestimmt worden waren, jeder mitgesungen hatte und dass das so nett war, dass sie wünschten, sie hätten ein Video davon aufgenommen, und dass es Leute gab, die mit Weihnachtsmannmützen in der Sonne lagen (was sie heimlich fotografiert hatten, um es den Töchtern zu mailen), und dass sie später am Abend in der Hotelbar mit anderen Paaren verabredet waren, die sie kennengelernt hatten und mit denen sie etwas trinken wollten.

»Es freut mich sehr, dass ihr euch so gut amüsiert«, sagte Cara aufrichtig.

Eloise, die neben ihr stand, schluckte hörbar. »Meint ihr … ihr fahrt nächstes Jahr wieder dahin? Oder woandershin oder so?«

»Oh, das bezweifle ich!« Ihre Mum lachte. »Es war schon ein bisschen komisch, nicht Weihnachten zu feiern wie sonst. Und wir vermissen euch Mädchen viel zu sehr. Vielleicht in ein paar Jahren noch mal, oder was meinst du, David? Nein, Schätzchen, wir machen das jetzt nicht jedes Jahr. Mach dir keine Sorgen.«

Die Erleichterung, als Eloise daraufhin seufzte und in die Kamera lächelte, war mit den Händen zu greifen. Cara spürte, wie sich Eloises ganzer Körper entspannte. »Okay, das ist gut. Denn so schön der heutige Tag auch war, ich möchte mich nächstes Jahr nicht wieder mit Miss Scrooge herumärgern und Angst haben müssen, den Tag allein zu verbringen. Nur wegen des Schnees ist es nicht dazu gekommen, was totaler Zufall war.«

»Ach, da muss ich dir aber mitteilen, dass ich nicht mal meinen Computer von der Arbeit dabeihabe.«

»Und wie oft hast du heute schon deine E-Mails auf dem Handy gecheckt?«

Cara rümpfte die Nase. »Zweimal. Aber zu meiner Verteidigung: Das war im Bus, und bloß aus Langeweile. Größtenteils.«

Sie erwartete eine Art ruppiger Standpauke von ihrer Schwester, aber Eloise lachte nur.

Dann fragte sie: »Wann hast du vor zurückzufahren?«

»Na ja, falls der Schnee es zulässt, hatte ich eigentlich vor, morgen Nachmittag mit dem Bus zurückfahren, aber … ich weiß nicht. Jetzt, wo ich hier bin, möchte ich am liebsten übers Wochenende bleiben. Allerdings muss ich Freitag und Montag arbeiten.«

»Wenn du deinem Chef sagst, dass du eingeschneit bist, gibt er dir bestimmt frei. Ich wette, selbst wenn du in letzter Minute um Urlaub bittest, wird er ihn dir geben. Dann könntest du bis Silvester bleiben, und wir könnten irgendwo zusammen feiern, oder wenn das Wetter gut ist, nach Hause fahren und den Abend mit Mum und Dad verbringen. Fahr doch am ersten Januar zurück. Das ist sowieso ein Feiertag. Falls nötig, kannst du dir von mir Klamotten leihen.«

Cara überlegte. Sie dachte darüber nach, dass sie die meiste Arbeit per E-Mail oder von ihrem privaten Laptop aus erledigen konnte und dass sie noch jede Menge Urlaubstage von diesem Jahr hatte …

An Silvester könnten sie ausgehen. Vielleicht könnte George herkommen. Sie könnten zu viert ausgehen, so eine Art süßes Doppel-Date, und sie könnten irgendwo in einem zu vollen, zu lauten Pub abhängen, sich mit zu teurem Prosecco betrinken und weit nach Mitternacht in Taxis torkeln, sie und Eloise in Kleidern und Schuhen, die für dieses Winterwetter absolut ungeeignet waren. Eloise könnte in Jamies Wohnung übernachten, und sie und George hier und sich ein Hotel sparen. Cara wusste, Eloise war zu leicht zu bequatschen und zu sehr gute Gastgeberin, um da Nein zu sagen.

Sehr verlockende Vorstellung.

Bloß …

»Ich habe nicht genug Unterwäsche eingepackt.«

Lachend warf Eloise ein weiteres Toffee nach ihr, das Cara abwehrte und dann aus der seitlichen Sofaritze fischte.

»Vielleicht habt ihr in London so was noch nicht, aber ich habe hier dieses magische Gerät namens … *Waschmaschine.*«

»Na dann …« Cara wickelte das Bonbon aus, steckte es in den Mund und tat so, als würde sie angestrengt nachdenken. »Schätze, es schadet nicht, einfach zu fragen.«

An: marcus.harris@klikit.com
Betreff: Schneefrei???

Hey Marcus (frohe Weihnachten!),
ich möchte dir nur kurz mitteilen, dass ich es zu meiner Schwester geschafft habe, aber hier liegt schrecklich viel Schnee – ich bin mir deshalb nicht sicher, ob ich es schaffe, am Freitag ins

Büro zu kommen. Ich weiß, es ist sehr kurzfristig (und wahrscheinlich liest du das hier erst am Freitag), aber ich wollte fragen, ob die Möglichkeit besteht, dass ich ein paar Tage Urlaub bekomme und erst am zweiten Januar wieder im Büro bin? Ich kann auch von hier etwas arbeiten.
Danke, Cara

An: cara.bells@klikit.com
Betreff: RE: Schneefrei???

C – WER CHECKT WEIHNACHTEN SEINE E-MAILS? ES IST FEIERTAG. ISS MINCE PIES UND VERGNÜG DICH MIT BAILEYS.
(Ich zähle nicht mit.)
Kein Problem, dass du dir freinehmen willst – und mach dir bei dem Wetter bloß keine Gedanken, wie du am Freitag zurückkkommst. Mir ist es lieber, meine Mitarbeiter und Mitarbeiterinnen kommen später, aber gesund zurück zur Arbeit, als dass sie auf gefährlichen Straßen unterwegs sind. Wir sehen uns am Zweiten!
M

Cara trat Eloise gegen das Bein. Sie war fast eingeschlafen, die Lider halb geschlossen, ihr Kopf ruhte an ihrer Faust, und der Mund stand ein bisschen offen, während sie versuchte, nicht wegzudämmern, sondern *Kevin – Allein zu Haus 2* zu schauen.

»Marcus hat geantwortet.«

Das machte Eloise schlagartig wieder wach. Cara hatte ihm erst vor etwa zwanzig Minuten gemailt.

»Das ging aber schnell. Wer checkt denn bitte am ersten Weihnachtsfeiertag seine Mails? Hast du ihm etwa beigebracht, wie man sein Leben vollkommen der Arbeit unterordnet?«

»Schlechte Nachrichten.«

Eloise blickte traurig, die grünen Augen wirkten ein wenig tränenfeucht und sie zog einen kleinen Schmollmund. »Oh«, sagte sie leise.

»Du musst dich leider damit abfinden, dass ich dir ein paar Tage Klamotten klaue.«

Es dauerte einen Moment, bis Eloise begriff, aber dann schoss sie blitzschnell hoch und warf dabei fast ihr leeres Weinglas auf den Boden, das auf ihrem Schoß gelegen hatte. »Was? Echt? Du bleibst über Silvester?«

Strahlend wedelte Cara mit dem Handy. Sie hatte erwartet, dass Marcus so reagieren würde, doch erst jetzt wurde ihr klar, dass es auch genau das war, was sie wollte: ein paar Tage Ruhe, mit ihrer Schwester abhängen und ein gemeinsames Silvester.

Eloise quietschte auf, streckte sich übers Sofa, um Cara zu umarmen, die lachte und daraufhin das breite Grinsen nicht mehr aus dem Gesicht zu bekommen schien.

Cara wollte gerade etwas sagen, als der Fernseher das für sie übernahm: »Merry Christmas, *ya filthy animal*.«

Eloise grinste genauso breit wie Cara, als sie ihre Schwester losließ und sich wieder in ihre Sofaecke kuschelte. »Weißt du, wenn wir Silvester hier feiern, solltest du George einladen. Jamie wird wahrscheinlich auch zurück sein. Das könnte ganz nett werden. Und ich lerne endlich den Heiligen George kennen.«

»Ich werde ihn fragen.«

»Ich weiß, ich habe mich nicht richtig darauf gefreut«, sagte Eloise daraufhin und lächelte in Richtung Fernseher, »aber das ist eindeutig das beste Weihnachtsfest aller Zeiten.«

Ja, das war es wirklich.

Dank

Ich liebe Weihnachten sehr, also war es nur eine Frage der Zeit, bis ich meine schriftstellerische Tätigkeit einem Weihnachtsbuch widmen würde. Ich bin ja eigentlich dafür, das ganze Jahr über weihnachtlichen Spirit zu verbreiten, wie ein geläuteter Scrooge, aber selbst ich fand es seltsam, während der sommerlichen Hitzewelle oder an einem sonnigen Osterfeiertag *Tatsächlich … Liebe* zu schauen, um mich in die richtige Stimmung zu versetzen, an diesem Buch zu arbeiten.

Danke an meine wunderbaren Agentinnen Clare und Lydia, die mich bei diesem ersten Ausflug in die Welt des Schreibens für Erwachsene unterstützt haben, und für all die harte Arbeit, die ihr geleistet habt, damit dies hier möglich wurde. Und danke an meine Lektorin Charlotte Ledger, die mir diese Chance gegeben hat!

Ich weiß nicht, ob ich meiner Familie danken oder mich bei ihr entschuldigen soll, denn ehrlich gesagt, ihr müsst euch an Weihnachten schon so viel von mir gefallen lassen. Beispielsweise, dass ich *Marley und Marley* singe, meine Weihnachtspantoffeln à la *Arthur Weihnachtsmann* vorführe oder versuche, so viel Weihnachtsatmosphäre zu verbreiten wie *Buddy – der Weihnachtself*. Danke, Mum, dass du dir immer so viel Mühe mit Weihnachten gibst und ein tolles Weihnachtsessen kochst. Danke dafür, Dad, dass du dich einmal à la *Jingle All The Way* auf die Weihnachtstrümpfe gestürzt hast, was ich nie vergessen werde. Danke, Auntie Sally und Uncle Jason, für den *Driving home for Christmas*-Becher und dafür, dass wir immer beim Schmücken des Baumes helfen durften. Danke an Gransha, die immer mein größter Fan war und sich zu Weihnachten immer nur »ein paar Mars-Riegel« gewünscht hat.

Und ebenfalls an Auntie Sally und Uncle Jason: Die Große Truthahnapokalypse von 2011 ist schon viele Jahre her. Und ich glaube nicht, dass ich mich jemals davon erholen werde. Darum konnte ich der Anspielung darauf in diesem Buch auch nicht widerstehen.

In diesem Roman geht es um die Beziehung von zwei Schwestern – und meiner eigenen danke ich dafür, dass sie so eine geniale Schwester und *Baby, It's Cold Outside*-Singalong-Partnerin ist und meinen ganzen Unsinn erträgt. Ich bin sehr stolz darauf, deine große Schwester zu sein … Auch wenn ich im Weihnachtspulli durch die Stadt tanze und dich in Verlegenheit bringe.

Ein dickes Lob an meine Gang bei der Arbeit, die mir hilft, das Schreiben und den Alltagsjob unter einen Hut zu bringen – egal, ob es um einen Wochenend-Trip nach Brasilien geht oder darum, es nicht merkwürdig zu finden, dass ich am Wochenende gearbeitet habe. Ein besonderes Lob an Barb und Jade, die das »schlimmste Büro der Welt« zum Besten gemacht haben, und danke für all eure verrückten Geschichten. Vor allem die mit dem Nackt-Volleyball.

Meinen Freunden danke ich dafür, dass sie nachsichtig mit mir sind, wenn ich ihnen Weihnachtsgeschenke kaufe, weil ich einfach nicht anders kann, und dafür, dass sie immer an meiner Seite sind, egal worum es geht. An meine Ghana Gals, mein Dream-Team, meine Ovaries of Physics und Laborkumpel Harrison: Ihr seid einfach die Besten. Love you forever.

Foto: © privat

DIE AUTORIN

Beth Reekles, die gefeierte Autorin von »The Kissing Booth« und anderen Jugendromanen, hat inzwischen außerdem einen Universitätsabschluss in Physik. Sie ist Bücherwurm durch und durch, überzeugte Teetrinkerin und als Buchbloggerin sehr aktiv in den sozialen Netzwerken. Den Roman »The Kissing Booth« schrieb sie mit 17 Jahren. Er wurde zum Riesenerfolg, von Netflix verfilmt und dort eine der meistgeklickten Liebeskomödien.

Von Beth Reekles sind bei cbj außerdem erschienen:

The Kissing Booth (1. Band) (31327)
The Kissing Booth (2. Band) Going the Distance (31351)
The Kissing Booth (3. Band) One Last Time (31465)

E-Shorts:

The Beach House. Eine Kissing-Booth-Geschichte (25569)
The Kissing Booth – Noahs Story (28714)

DIE ÜBERSETZERINNEN

Sylvia Bieker ist Übersetzerin aus dem Englischen und Ghostwriterin.

Henriette Zeltner-Shane, geboren 1968, lebt und arbeitet in München, Tirol und New York. Sie übersetzt Sachbücher sowie Romane für Erwachsene und Jugendliche aus dem Englischen, u. a. Angie Thomas' Romandebüt »The Hate U Give«, für das sie mit dem Deutschen Jugendliteraturpreis 2018 ausgezeichnet wurde.